K.O. his ex girlfriend

S區的超級貴公子，校園裡最神聖的存在！
平時對任何人一副愛理不理的態度，女朋
友也是一個換過一個，然而當下對待女
友時則是相當專情。他是個超級紅茶
控，深信小時候遇見的「紅茶精靈」
是真實存在的。
神雪學園風雲榜 NO.1
卿少朗
茶詠茵
神雪學園轉學生，進入B區一年D組。為
尋打工機會而誤入S區應徵女演員，不料
就此讓自己平靜的高中生活波濤洶湧！

神雪學園風雲榜 NO.2

霍蓮笙

執掌S區話劇社的型男學長。神秘而浪漫的他雖然也是眾少女心目中的白馬王子，可是他喜歡的女生卻都不喜歡他，導致他不斷質疑自己為何總是輸給卿少朗。

神雪學園風雲榜 NO.3

艾莉娜

神雪學園的第一女神！美麗的外貌、良好的教養、溫和的個性，不僅是男生們仰慕的女神，更是少女們的終極楷模。她與卿少朗是人人稱羨的般配戀人，實則她心中有個說不出口的苦痛。

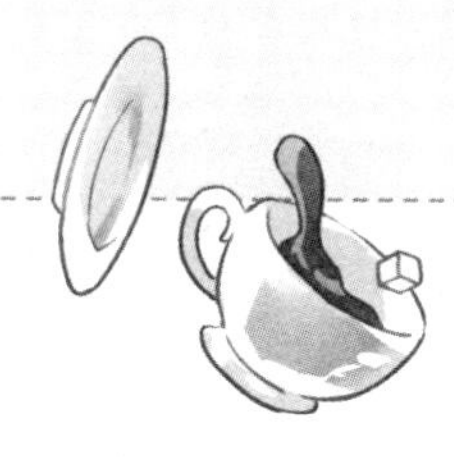

神雪學園的話題女神，號稱「愛情獵人」！S區的不少貴族少爺都臣服於她，不過她的唯一目標就是卿少朗，可惜她始終無法擊倒艾莉娜。

神雪學園風雲榜 NO.4

申蘺

contents

K.O. his ex girlfriend

紅茶精靈

這是一個微風送爽的午後。

廣闊無垠的半山青草地上，開滿了白色的鈴蘭花，帶有甜味的風從遠方緩緩吹送著。這有著七色光暈的微涼下午，正適合悠閒的品嘗氣味清幽的高山紅茶。

事實上，在這彷彿鋪墊著綠色地毯般的草地上，的確擺放著一張歐式純白縷空雕花的高級茶桌。

手中輕托著白瓷茶杯的小女孩，正一臉幸福的感受著自杯中傳來的舒爽茶香之味。

「喂！妳到底是誰？為什麼會坐在這裡喝茶？」一個看起來跟她同年紀的小男孩，指著坐在白色椅子上的小女孩質問道。

小女孩愜意的把茶杯送到嘴邊，輕啜了一口，然後以一副高高在上的姿態斜眼看著站在前方的小男孩，輕輕的笑著說——

「因為我喜歡紅茶啊。」

「誰管妳喜歡什麼啊？我要問的是妳為什麼會坐在我家的茶桌上喝茶啦！這裡方圓三公里都是我們卿家的領地，妳這個入侵者到底是誰？」小男孩緊皺著眉頭，十分不滿的指著一臉沉浸在茶香的幸福中的小女孩問道。

「我嘛……」小女孩轉身輕甩了一下及肩的秀髮，一根手指輕輕抵住脣邊，做出一種看似神秘的姿態對小男孩輕聲道：「是喜歡紅茶的——紅、茶、精、靈、喲。」

「呃？」沒料到會得到這種答案的小男孩有一剎那的恍神。

一般來說，這麼顯而易見的調侃應該沒有多少人會把它當真才是，但是在那樣一個神秘如仙境的庭園之中，在那樣一個滿溢著夢幻色彩的午後，在那樣吹著令人陶醉的花香之夏裡……小男孩呆呆的看著那背著陽光淺淺微笑著的小女孩，彷彿不能反駁她似的，被那個大言不慚訴說著自己就是紅茶精靈的女孩，深深的——打動了。

就如一個惡作劇的森林精靈一樣，小女孩在放下了這樣一句極不負責任的話語之後，在小男孩再次回過神來之前，竟像那些飄飛於半空中的白色蒲公英一樣，款款而逝，再也看不見了。

小男孩最後的印象，只有她身上那一襲毫無裝飾的雪白裙子而已……

「這個世界上真的有紅茶精靈存在嗎？」望著小女孩消失不見的身影遠方，小男孩不禁喃喃自語。

有時候初戀便是這樣讓人措手不及，誰也沒有發現就在這樣的一個午後，這個只有五歲的男孩的心，就這樣被輕易的擄走，成為他一生難忘的印記。

超乎意料的打工機會

神雪學園的新生入學早已經過了一個月。

在這個時候轉學過來果然是超不走運啊！不但錯失了新同學互相認識的最好時機，而且還是在這惱人的烈日之夏，一般而言在這個時候轉學來的陌生同學怎麼看都不會受到歡迎，說不定還會被人聯合起來欺負什麼的……一邊這樣想著的十六歲少女，一邊手抱著超重的行李，頂著殘酷的太陽射線，滿臉不爽的走向教務處。

這間神雪學園在建校之初，本來是城內算是聲名遠播的貴族學園，不知道為什麼，最近幾年開放招收普通學生，好像特意要顯示自己的親民政策一樣。神雪學園的招生範圍一下子擴展到鄰近各縣，原本只是高貴身分的直升式學校，瞬間變成了大家爭相考取的目標。

說來也是，因為神雪學園畢竟還是帶有一半的貴族制度，其師資和設備都是頂極優良的，但面對普通學生收取的學費也只不過是普通學校的水準而已，即使用腳趾頭來思考，也知道這所學校的人氣程度簡直猶如放在飢餓的貓群前面的鮮活魚類一樣啊！

——這麼說來，原來我也是這群餓貓之中的一隻嗎？

少女滿臉黑線的繼續前行。

——不是的、不是的！一定是因為腦子被太陽曬得短路，才會想這些有的沒有的！

好不容易走到了那如教堂一般的大樓裡，迎面而來的涼風終於讓少女有了活過來的感覺。有錢的學校果然不一樣啊，光是走到大堂就可以享受清涼的中央空調服務了！

越發覺得錢真是萬惡之源的少女，懷著不知名的心情好不容易爬到了五樓，終於找到了目標所在——教務處。

「你好，我是今天來報到的新生，因為父親轉職到本城而轉學到神雪學園，報到編號SX9875，特此前來請求辦理入學手續。」少女毫不客氣的坐在自己的行李包上緩著氣，一邊對面前的老師這樣說道。

「哦？原來是轉校生呢。請等一下，我這就去幫妳辦理入學手續。」這名老師立即站起身來，走到資料檔案櫃前，邊找資料邊問道：「編號SX……9875……有了。確認一下，妳叫什麼名字？」

「茶詠茵。」少女答道。

「好的，請過來這邊辦理手續。」

老師把入學文件放在桌面上，名為茶詠茵的少女便起身過去在上面填好資料。

教務處的門上響起了清脆的敲擊聲，伴隨著一聲「老師，我把資料送過來了」的美妙女聲，門外走進一位穿著神雪學園制服的女生。

之前一直在幫茶詠茵辦理手續的老師抬起頭來，微笑道：「小綾，妳來得正好，這位是今天才轉學過來的茶詠茵同學，正好分派到你們班，妳是班長，等會帶這位新同學熟悉一下學校，再帶她到宿舍好嗎？」

「好的，沒問題。」名為小綾的短髮女生微笑著說道。

看起來是個好人啊……居然還是班長大人。茶詠茵對小綾的第一印象還算不錯。

「那就麻煩妳了。」

辦好手續之後，再度抱著超級繁重的行李，跟在小綾班長的身後，茶詠茵好奇打量著神雪學園的教學樓。

寬敞得幾乎可以容納下一列車隊經過的走廊，高得彷彿看不到頂處的天花板，還有裝飾在柱上那設計複雜的壁燈，茶詠茵腦袋裡只冒出一個「這真的是學校不是博物館嗎？」的古怪念頭。

「A區這邊全是休閒區，B區那邊才是教室，C區則是專屬資料區。雖然藏書量最多的中央圖書館比較遠，不過在教學區內的每層樓都設有簡易圖書館，一般情況下也足夠學生使用，除非是要查找比較偏門的書籍……」小綾班長一邊走著，一邊向新來的茶詠茵介紹著神雪學園的格局。

小綾班長溫柔的聲線聽起來非常的讓人想要入睡——對了，從一大早就趕車趕路的辛苦來到這裡，茶詠茵可是嚴重的睡眠不足，此時此刻的她根本對神雪學園有些什麼樣的設施毫不關心，她只想快點找到那間屬於她的宿舍寢室，躺到屬於她的床上去就行了！

「這個……可不可以先帶我去宿舍啊……」茶詠茵弱弱的提問，要她抱著這麼重的行李穿行在校園裡，光是從四面八方投過來的好奇視線就足以讓她神經衰竭而死了。

「啊，對不起，我這就馬上帶妳過去。」小綾班長這才發現身後來自少女深深的黑眼圈中射過來的請求視線，立即抱歉的說道。

就在兩人正商量著立即前往女生宿舍的時候，不遠處的走廊上傳來騷動的聲音，讓一邊彎著腰整理著過重行李的茶詠茵也不禁奇怪發生了什麼事情。

當茶詠茵直起身來的時候，只感覺到一陣風在身邊掠過，一個身材修長、穿著神雪學園制服的男生正好從她的身邊經過。他的身後盡是無數少女的驚嘆聲，彷彿朝聖駕臨的王子一般，神雪學園的學生們個個都屏氣凝神，望著這道遠去的身影。

茶詠茵像是錯過了什麼似的回頭張望，卻只來得及看到他挺拔的背脊，以及那一閃而過的鑽石徽章。接著，她身後傳來少女們竊竊私語的聲音。

「是少朗大人……那個真的是卿少朗大人！」

「真奇怪，少朗大人為什麼會來我們B區？他不是一直只在S區的高級教學樓活動嗎？難道說今天他過來這邊有什麼事？」

「沒想到居然可以這麼近距離看到我的偶像，今天真是太幸運了！」

「哇啊~剛才卿少爺經過時好像有看到我耶！怎麼辦？我現在興奮得平靜不下來啦！」

雖然沒有看清楚那個男生的臉，不過光是從身後一堆花痴女生的口中大概也猜得出個七八九來了，茶詠茵嘆了口氣，果然不論在哪一間學校，都無法避免會有這種人的存在吧，大眾情人什麼的標誌性人物。

「喂，走了。」抱起沉重的行李，茶詠茵催促著小綾班長。

但深陷在激動中不能自拔的似乎不只是身後的那班花痴女生，就連小綾班長也是其中一個啊！發現到這個事實的茶詠茵不禁驚嚇得「啊」的叫出聲來。

「居然是卿少爺……」雙手捧臉的小綾班長，臉上盡是散不去的紅暈。

「喂喂！班長大人妳快點醒過來啊！」茶詠茵不停的在小綾的面前拍打著雙手。

「啊啊，對不起。」終於回過神來的小綾班長一臉的抱歉，「因為實在太難得了，所以一時就失態了呢。」

「那傢伙到底是什麼人啊？不就路過一下而已嗎？有值得妳們興奮成這樣？」茶詠茵對於大家一致的「失態」還真是非常的不習慣，這已經是超出看到帥哥該有的反應了好嗎？這簡直是看到外星人了！

「咦？茶同學妳竟然不認識卿少爺嗎？！」小綾像是看到異生物似的瞪著茶詠茵。

「那個，我今天才轉學過來……小綾同學。」新來的學生不認識那個什麼卿少爺的有這麼奇怪？值得她用這種彷彿自己不是人類似的目光來看待？

「啊啊，原來如此。不過因為以前就有很多人是為了見卿少爺一面才轉學來的呢，我還以為茶同學也一定是……」

「我是來讀書的，不是來見偶像！」茶詠茵生氣的說道，為表清白，連頭髮都要豎起幾根來。這班長大人把她當成什麼人了啊？

「也是呢。不過聽到茶同學這樣說，不知道為什麼就會有種安心感。」小綾雙手合十，微笑的說：「原來茶同學對少朗大人沒有興趣呢，對手沒有增加真讓人高興。」

「拜託別擅自轉移話題。而且妳的對手後面就有一堆了好嗎？為什麼會在乎多我一個還是少我一個？」茶詠茵終於發現剛才小綾那一貫的大家風範也不過是偽象，怪不得走在校園裡的時候就覺得有什麼地方不對勁，在這個春心蕩漾的地方到底真正抱有好好來唸書的學生有多少個？該不會只有她吧？

「怎麼說呢？卿少朗少爺是大家的夢中情人，也是少女們的偶像。我們也知道他是難以接近，永遠只能仰望的，但能夠這樣看著他就已經很滿足了。」小綾一邊朝前走著，一邊夢囈似的喃喃自語：「雖然長得那麼帥，卻意外是個用情十分專一的人。他的女朋友是本校的財閥千金艾莉娜小姐，有這麼漂亮的女朋友，也的確不會對我們這種凡人動心了吧。」

「咦？原來他已經有女朋友了？那不就等於死會了嘛。為什麼還會有這麼多女生迷戀他呢？」茶詠茵不太懂這些少女情懷總是詩什麼的啦，反正她從來沒有戀愛過，更不知道仰慕為何物。

「就好像是精神信仰一樣吧。」小綾回過頭來，對茶詠茵笑道：「反正是不可接近的遙遠的星星，大家只不過是把甜美的夢寄託在那樣一個完美對象的身上而已，畢竟那是跟我們完全不一樣的世界啊！S區的特別教學樓，就像是神的領域一樣，普通學生如我們，根本是連一窺究竟的餘地也沒有。除非像今天這樣，S區的學生主動過來我們的區域。相反的，沒有鑽石徽章的我們是不被允許進入S區教學樓的。」

「特權主義嗎？」對此毫不關心的茶詠茵，只關心宿舍什麼時候到達。她問：「我說，到底還有多遠啊？宿舍。」

「啊！」這時才發現什麼似的小綾班長，非常抱歉的向身後這位新來的同學說：「很抱歉，一直在說卿少爺的事，走錯了路也沒發現呢，真是對不起。」

完全不知道該不該生氣的茶詠茵同學，就這樣被帶著繞了神雪學園一圈，算是勉強瞭解學校內部的基本設施了。

◆※◆※◆※◆

終於能在宿舍裡安頓下來，原本想立即好好睡個午覺的茶詠茵不知是否因為過勞而睡意全消，在床上翻滾了幾圈卻完全無法睡著。

「啊啊啊——明明累死了，卻睡不著！到底是為什麼啊？」這樣對自己說著的茶同學，從床上憤然坐起，隨即平息情緒勸服自己道：「一定是因為時差。」

明明只是從鄰城搬過來，根本就不可能會出現「時差」這種情況的，茶詠茵頂著深深的黑眼圈轉頭望著那套掛在牆上的新制服。

穿上了制服之後，終於有點當上了神雪學園學生的感覺了。因為是轉學過來的第一天，還不用上課，行李也已經完全整理完畢，無事可做的茶詠茵便決定在學校各處遊逛一下。

果然是曾經的傳統貴族學園，各處充斥著不平凡的氣息。校園中心那個占地頗廣的噴水池，此刻正噴灑出驚人的華麗花式水柱。

「既然有這麼多錢就別這麼小氣嘛，讓我申請到一點獎學金又會怎樣！」

茶詠茵一邊嘟囔著、一邊觀賞學園的中心廣場。之前的獎學金申請因成績不夠理想而被駁回，而常常四處出差、基本上難以找到蹤影的老爸又經常粗心忘記給出足夠的生活費，茶詠茵已經習慣了每到一個新的居住之處就開始物色各種打工情報。

學校的廣場邊上有一面大大的公布欄。上面有著各式關於學校的情報展示，像學園社團招募、學校慶典活動報導之類。茶詠茵一路看過去，最後停在一張奇怪的招募海報面前。

海報的設計非常的專業，但內容卻相當簡單。裝飾著歐式花紋的表框裡面，只寫了幾個大字——「招募女性演員，報酬豐厚，時薪千元」。

「招演員？」茶詠茵在海報前面歪了歪頭。當然，這張海報上最吸引她的並不是招募的內容，而是「報酬豐厚，時薪千元」這幾個金漆大字。

「哇啊！果然是有夠豪氣的學園，連社團招募也會有薪酬嗎？！」驚訝於這種異常的招募啟示，茶詠茵感覺自己像是來到了世外桃源一樣。

「早知道就早點轉來神雪學園了！天底下竟然還有這等好事！慢著，既然話劇社的招募會付酬勞的話，那其他社團的招募應該也會付錢吧？乾脆就找一個輕鬆一點的社團加入好了，既能打發時間又有錢拿，真是超級 lucky！」

做著美夢的茶詠茵迅速查看了公布欄上的所有社團招募，最後卻掩不住失望的神色。高興得太早的她這才發現，除了剛才那張招募女性演員的海報上有寫支付報酬之外，其他社團的招募竟然是無償的，真是讓人失望透了！她還以為報個讀書社、棋藝社什麼的就能混混日子兼賺錢，看來天下果然沒有這麼好的事。

但這個招募女性演員的為什麼會付錢呢？茶詠茵考慮了一陣，還是沒能想到答案，自己對電影、話劇什麼的根本就沒有興趣，更別說經驗了，就算去應徵，被選上的機會可以說是微乎其微……可是，不試一下又怎麼知道呢？搞不好自己很有演藝天分呢！

茶詠茵飛快在隨身攜帶的小筆記本上記下了應徵的地點和時間。

——時薪千元耶！就算不會演戲我也會努力演給你看的，別小瞧錢的魔力！搞不好我就是未來的那顆明日之星也說不定！

對照著指定地點一路找過去的茶詠茵，終於來到一處高高的鐵鑄圍欄之外。

欄杆上有一塊面積超大的吊牌，上書「神雪學園S學區」。

「咦？」茶詠茵盯著那塊牌子看了好一會兒，「S區……這個……難道就是傳說中的那個禁區？」

想要確定清楚似的，重新再看了一遍筆記本上的記錄，應徵地點的確是在這裡面沒錯，但是S區，不是隨便能進的地方吧？可傳單上寫著招募女性演員，也沒指名說其他區的學生不能應徵啊，那個……那個……她進去應徵應該沒關係吧？

掙扎了一會兒，茶詠茵握了握拳，時薪千元的誘惑實在是太大了！本來這個月的生活費就已經有點吃緊，實在不能放棄如此理想的一個打工機會！

——神啊！求祢保佑我應徵成功吧！

毅然推開寫有S字樣的禁區大門，茶詠茵大步走進了略帶迷霧的未知之地，勇往前進。

「紫羅大樓外廳處……外廳處……」

茶詠茵一邊默唸著應徵地點，一邊尋找著目標，最後終於被她找到了。

紫羅大樓的外廳其實是個空中陽臺，不過與其說它是個陽臺，還不如說它是個空間廣闊的露天茶座。遠遠的就可以看到那邊的茶座處坐滿了身穿制服的學生。

「哇……來應徵的人還真不少。」看到這個盛況的茶詠茵不禁擦了把汗。而且招募海報上的確寫明招募的限定名額是一人，看來競爭會相當激烈。

不過也是啦，時薪千元的學園打工，這對普通學生來說基本上就是個天價了。而且這招募海報還張貼在學校裡那麼顯眼的地方，如果招募處會門庭清冷那才真叫不可思議。

「這位同學，請問妳也是來應徵的嗎？請在這邊排隊等候審查。」一個同樣穿著校服、看似是這次徵募的工作人員之一的男生對茶詠茵說道。

「我的確是來應徵的。不過……請問審查就是試鏡的意思嗎？」茶詠茵望了望四周，似乎沒有什麼試鏡道具的樣子。

「哦，不是。所謂審查，只是讓主考官看一看妳合不合適而已，並不用試鏡。」對方這樣解釋。

「這樣就決定人選？」茶詠茵掩不住驚訝之情。

「是的。」對方似乎習慣於這樣的驚訝，微笑著答道。

真是有夠兒戲的徵募方式啊……不禁覺得有點古怪的茶詠茵乖乖坐到隊伍的最末位，等候這奇怪的審查程序。

因為隊伍排得非常的長，所以大家都被分到了號碼牌，叫到號的同學便可以進入最前方某張特定的茶座接受「面試」。

茶詠茵伸長脖子朝前面張望了一下，但是因為人太多以及周圍不少立架花臺的遮擋而無法看清楚什麼，只知道茶座外圍清空了一片地方，裡面只放了一張茶桌，那裡坐的大概就是所謂的「面試官」了。

雖然不知道審查的內容是什麼，但作為等候人之一的茶詠茵不免會聽到來自四面八方的細語討論。

「不知道這次的招募，卿少爺想要找一個什麼樣的女孩子呢？唉，真的好緊張啊，如果能選上我就好了……」

聽到這小聲祈願的茶詠茵，不禁回頭看向坐在離自己不遠處的那個女生。

那個女生有著一張粉嫩嬌豔的臉，捲捲的長髮，像洋娃娃一樣漂亮。即使是茶詠茵看到也不禁為之眼前一亮。這樣的女孩子，天生就是該站在鎂光燈下的吧！仔細看的話，來應徵的女孩子們個個都是美人胚子，一個賽一個的嬌美，畢竟現在是選「演員」……她果然是來錯地方了嗎？

而坐在長髮女生旁邊的另一個女孩子也發出感嘆：「哪怕只有一天……不，一個小時也好，讓我待在卿少朗大人的身邊，我也可以死而無憾了！」

這也太誇張了吧……茶詠茵不禁在心裡吐槽。

「唉，這麼多的候選人，想要選上簡直是比競選選美小姐還難啊！而且我們也不知道考試的內容是什麼，據已經面試過的人的情報說，面試只是要回答幾個問題而已，但每次的提問都不一樣，就算想作弊也不行啊。」同桌的另一個女生情緒低落的抱怨。

「真不知道卿少爺搞這麼一次招募是什麼用意？」

「難道其實是在選女朋友？」

「怎麼可能！誰還比得上艾莉娜學姐呢？有這麼完美的情人，根本不可能會把我們放在眼裡吧。」

「哪怕讓我當個小跟班也好，拜託選中我吧！」

——各個應徵者的心聲或多或少都跟眼前這桌女生差不多吧，看她們湧動在眼中的紅桃心就知道了……呃？難道感受到時薪千元魅力的只有我？這樣說起來，我也很需要得到這份工作啊……

茶詠茵鬱悶的想著。她可以擔保，這裡真正懷抱著正直的應徵心態的大概只有自己了。漫長的隊伍在一點點的消耗。原以為自己已經是排在比較末尾的一員了，但當茶詠茵的號碼越發接近面試官的時候，不知不覺間身後的隊伍又靜靜的加長了。看來這個叫什麼卿少爺的，號召力還真不小。

「下一位210號小姐，請跟我來。」擔當傳話員的是另一名胸前戴有鑽石徽章的男生。茶詠茵看了看自己的號碼，站了起來，跟在對方的身後。

穿過幾座立架花臺之後，茶詠茵被帶到了一張獨立的茶桌旁邊。

「請坐。」那名男生有禮的朝茶詠茵彎了彎腰，隨即就離去了。

茶桌前只坐著一個人，正是面試官——被稱為「卿少爺」的那個傢伙。

忍不住用眼睛瞄了瞄這個被捧到天上當成是神一般的男生，茶詠茵的心立即撲通快跳了一拍，果然長得很帥啊……不過，帥又不能當飯吃，時薪千元！時薪千元！她只要記住這個就可以了！

「請妳自我介紹一下吧。」卿少朗緩緩的開口道，聲音平淡而毫無感情。

雖然說是面試，可是從她到場後觀察到現在，他的目光根本就沒有正眼瞧過一下坐在自己面前的應徵者，茶詠茵不禁有點訥悶，這樣的面試完全發揮不了什麼作用吧？他到底要找一個什麼樣的人，他自己清楚嗎？

「我想問一下，你真的是在找演員嗎？」茶詠茵不禁這樣問道。

似乎對於眼前的女生答非所問的態度有點不滿，卿少朗輕皺了一下眉頭，不過總算抬起眼來，看了一下他的面試對象。

「妳只需要回答就可以，不必提問。」卿少朗的語氣依然平淡，平淡得近乎帶點傲慢。

「我叫茶詠茵，十六歲，是今天才轉學過來的新生，現時就讀於B區一年D組，興趣是打工，特長是可以把樹葉吹出哨子音；我最擅長的科目是數學，最不擅長的是游泳，但是要打架的話，我是不會輸的。自我介紹完畢。」

卿少朗合上了手上的資料，冷冷的說：「明白了。妳不合格，可以離開了。」

「為什麼？請告訴我不合格的原因。」茶詠茵並沒有離開，相反，她非常淡定的繼續坐在這個男生的對面，還似乎帶著一種與其對著幹的姿態。

「沒有為什麼，不合格就是不合格。」卿少朗直視著茶詠茵。

「我說，你根本不是在選演員吧？沒有試鏡，也沒有情境考試，光憑幾句自我介紹就決定對方的成敗嗎？還是說你根本是藉找演員之名，其實是在做見不得光的非法活動？」茶詠茵推測道。

「我的確是在找一個女演員，但是妳不合適。這並不需要試鏡，我的感覺就是最好的評斷。」卿少朗答道。

「在我之前，你已經面試過兩百零九個人了，現在幾乎已經進入麻木狀態，根本不可能良好的確定面試者適不適合。」茶詠茵據理力爭。

「……」卿少朗並沒有立即反駁她，相反的，他盯著她瞪了一會兒，隨之喃喃道：「的確是麻木了，沒想到看清楚一點的話，其實妳還真有幾分相像的地方。」

「是吧。」茶詠茵自信的挺了挺腰桿，雖然她根本不理解對方話中「妳還真有幾分相像的地方」是指什麼，但她迫切的想要獲得這個打工機會。時薪千元啊！怎麼可以就這麼輕易放棄呢？更別說這個機會是她等了大半天並且排了好長的隊，才好不容易得到的。

「那好吧，我再問妳一個問題。」卿少朗似乎做出最大讓步似的，對茶詠茵說著。

終於要來了嗎？茶詠茵興奮了，心想：這才是那個真正的面試內容吧！據之前已經面試過的女孩們的情報，這個問題才是真正決定勝負的關鍵！

「妳喜歡喝紅茶嗎？」卿少朗問。

「呃？」完全沒頭沒腦的一個提問，讓茶詠茵措手不及。

——這個問題有什麼深意在裡面嗎？快開動腦筋想啊茶詠茵！

——眼前就是能否獲得時薪千元的工作機會！啊啊啊啊啊！完全理解不能！這是腦筋急轉彎嗎？如果我說喜歡，他會不會覺得我是個膚淺、造作的女生？如果我說不喜歡，他會不會覺得我是個毫無品味、無藥可救的劣質女孩？難道怎麼答都是錯？難道這道題目裡藏著什麼機關嗎？神啊！快告訴我答案啊求祢了！

「怎麼了？」卿少朗看著茶詠茵一臉沉重的思考表情。

「我、我……」茶詠茵不禁握了握放在膝蓋上的拳頭，然後抬起頭勇敢的說：「我喜歡喝汽水！」

糟了……光是看到對方臉上那僵直的表情，茶詠茵就知道自己的回答不是一般的糟。

「我知道了。請回吧。」卿少朗的臉再度冷了下來。

「我說，如果海報上沒寫錯的話，你是在找一個演員對吧？難道喜歡喝紅茶就會懂得演戲嗎？我可沒聽過這樣的事。」茶詠茵不服。

「我已經說了妳不合格，妳還要糾纏到什麼時候啊？」卿少朗也開始不耐煩了。

「因為我不認同你的做法！你這是在耍人玩嗎？隨便問一個亂七八糟的問題就決定別人的努力，你也給我差不多一點！要是一定得招個喜歡紅茶的，你就不會在海報上面寫清楚啊？紅茶有什麼了不起的？喜歡紅茶就特別高貴一點嗎？！」

「妳知道大吉嶺紅茶和高地紅茶的區別嗎？妳知道紅茶的最佳浸泡溫度是幾度？妳知道紅茶的洗茶時間是幾秒鐘？妳要是能隨便答得上一個我都可以承認妳。」卿少朗冷靜的說。

「……」果然一個也答不上來，茶詠茵洩氣的垂下頭。碰到這個紅茶控真是她的不幸。

「你這麼執著對方喜不喜歡紅茶，到底是為什麼？」茶詠茵鬼氣森森的問卿少朗。

「不為什麼，這只是我的個人喜好。」

「你其實只是想招個茶藝師吧？」茶詠茵忿忿的站起來，「這什麼變態狗屁徵募會，我茶詠茵真是鬼迷心竅了才會來這裡陪你玩這麼無聊的把戲！」

正要轉身走人的茶詠茵卻被意外的拉住了手腕，回過頭去的時候，視線正好對上了一直坐在椅子上動也不動的卿少朗。

他說：「妳剛才說什麼？妳說妳叫什麼名字？」

「茶詠茵！剛剛在自我介紹時就說過了吧，這麼明顯的心不在焉真是太失禮了！」

「妳姓茶？紅茶的茶？」卿少朗重複問道。

「烏龍茶的茶！」茶詠茵賭氣道。她偏不喜歡紅茶，看他能把她怎麼樣？

「哦……妳姓茶。真有意思。」卿少朗不知道搭錯哪根筋似的，忽而高興起來，他站起來說：「早說嘛，妳合格了，面試結束。」

卿少朗轉頭向旁邊的工作人員草草交代「後面的面試者可以叫她們回去了」之後，就一把拉著茶詠茵離開了茶座。

「喂……咦？！」完全搞不清楚狀況的茶詠茵，完全不能理解為什麼光是自己姓茶就能通過面試。

——難道說這傢伙根本只在乎「茶」這個字而已？這種招募面試也太亂來了吧！

——不過，這樣是不是就意味著……我獲得那份時薪千元的工作了？

——哇啊！簡直就像在做夢一樣！

完全不知道自己是不是該高興、還是該對卿少爺這不合常理的行為吐槽的茶詠茵，現在只能看見面前飄揚的一張張千元鈔票了……

妳的工作就是擊敗我的前女友

因為突如其來被確定了面試過關，茶詠茵被卿少朗帶到一個陌生的房間裡。

「這是什麼地方？」環顧這豪華得像宮廷擺設一般的優雅房間，茶詠茵不禁提出疑問。

「我的私人休息室。」卿少朗這樣回答，隨後指了指一旁的大沙發說：「妳先坐一下，我等會告訴妳工作內容。」

「哦……」一邊答應著的茶詠茵，一邊在沙發上坐下。

這沙發的質料相當高級，搞得坐上去的人也膽戰心驚，一不小心弄髒了還真不知道要怎麼辦。話說這裡不是學校嗎？為什麼會有私人休息室這種地方存在？

彷彿接收到茶詠茵的疑問，隨便解開領帶的卿少朗在吩咐了上茶之後，轉回身坐在茶詠茵對面的沙發上說道：「S區的學生基本上都有自己的私人休息室。為了工作方便，我會給妳這裡的鑰匙，以後工作上的事情都會在這裡討論和商量，沒問題吧？」

真不是一般的奢侈啊……S區學生居然都有私人休息室？那得要多少個房間才夠用？怪不得這邊的學生不多，但占地面積一點也不比B區少。茶詠茵邊想邊答道：「知道了。」

不過，她隨即又提出新的問題：「既然你請的是演員，那是要做戲劇嗎？我想問一下其他的演員在哪裡？還有劇本是關於什麼內容呢？」

「誰告訴妳我要做戲劇？」卿少朗對茶詠茵的發問完全不以為然。

「咦？不是嗎？但是你不是在招女演員？」茶詠茵瞪大了眼睛。一直以來她都以為是要加入一個劇團表演啊！

「我是在招一個女演員沒錯，但是我並不是要她演出什麼舞臺劇，而是要扮演我的女朋友。」卿少朗這樣平淡說著的時候，還輕鬆的喝著紅茶，彷彿完全不知道自己說出的是一個什麼樣的震撼性話題。

「扮你的……女……女朋友？！」茶詠茵的腦子像是瞬間宇宙爆炸了一般，好不容易重組之後她才勉強吐得出幾個字來：「這、這這、這工作是高危險職業吧……」

「什麼意思？」卿少朗不解的抬起眼來看著這個反應異常的女生。

「你知道你在這所學校裡是一個什麼樣的存在嗎？你到底知不知道大家是怎麼看你的啊？」茶詠茵撫著前額，頭痛的說。

「我管別人怎麼看我？我愛怎樣是我的事。難道妳對這工作內容有意見？剛才妳不是一直努力要爭取下來的嗎？現在反悔的話是要付違約金的，而且妳必須對此次會面的內容絕對保密。」卿少朗面無表情的述說著事實。

「違約金？！我什麼時候跟你簽過約了還會有違約金？你別亂陷害人！」茶詠茵嚇到幾乎要跳了起來。

「不好意思，這是早就寫明在海報上面的。」卿少朗指了指桌面上的海報副本。

茶詠茵不相信的抓起海報瞪大了眼睛尋找，果然，在最下面有一行幾乎可以忽略不計的細小說明事項：面試者統一視作承諾對此次工作的懇切忠誠，如通過面試者在其後反悔，須支付違反約定之賠償。

具體賠償金額並沒有寫出來，茶詠茵抓著海報，不抱期望的問道：「如果我拒絕接下工作的話，賠償金額是多少？」

「時薪千元賠償的金額是等價的，因為妳的反悔，等於浪費了我所有的面試成果，得重新招收新的演員，合計之前被妳浪費的人力、物力和時間，還有接下來新一輪面試需要支付的人力、物力和時間，約合四萬八千元左右。給妳打個折好了，四萬元如何？」

卿少朗放下手中的茶杯，身體舒服的向後靠在沙發背上，悠悠的說：「而且，妳必須簽定一份保密協議，如果有違反的話，賠償金是另外算的，這必須事先跟妳說明。」

「你是吸血鬼嗎？！這麼不公平的東西怎麼可能成立！」茶詠茵不忿。

「妳可以反過來想，要是接下了這份工作，時薪千元是相當不菲的報酬，妳一天工作的時間並不會太長，只是在規定的時間裡扮演『女朋友』這一角色而已，如果妳不放心，我們可以簽定君子協議細則。我相信妳到哪裡都沒有辦法找到這麼輕鬆又好賺的工作了。」

卿少朗說的都是實在話，茶詠茵也不得不承認這條件是相當的吸引人。

「那……」已經明顯動搖的茶詠茵終於放棄了最後的堅持，問道：「如果因為扮演你的女朋友而遭遇到什麼怨恨和不測，算不算工傷？」

「怨恨和不測？為什麼？」卿少朗不明白這奇怪的女生腦子裡裝的是什麼，她怎麼會想到這麼離奇的事情？

「那是因為你不知道自己在這所學校裡有多受歡迎吧！要是當上你的女朋友，哪怕是假的，估計我馬上就會成為女性公敵了，萬一我沒命活著離開神雪學園那怎麼辦？不行，這一條一定要加進君子協議裡面！如果我因此而受傷，你絕對要付我額外的醫療費！」

「……」卿少朗望著爭取著奇怪條件的茶詠茵，沉默了一陣之後，他說：「雖然我不知道妳為什麼會認為當我的女朋友很危險，但我同意妳提出的不合理要求。」

這是完全合乎邏輯的要求才對！她還在想要不要順便讓他為自己多買份保險比較好呢！

在大致統一了意見之後，卿少朗便開始正式擬定君子協議的條款了。

在一旁無所事事的茶詠茵看著他寫寫畫畫，托著頭問道：「對了，為什麼你想要一個假扮的女朋友？以你的條件，不是隨便一開口就有無數備胎供你選擇嗎？」

「我只需要一個『扮演者』，要是真的去交一個的話，到了要甩掉的時候會產生很多額外的麻煩。」卿少朗平淡的說道。

也是，見識過那些女孩們的狂熱之後，茶詠茵不難想像當她們好不容易獲得這個至高無上的寶座之後，根本不可能輕易放手。這可不是簡單一句「我們分手吧」就能解決的事情。

不過，好像還是有什麼地方不對勁。茶詠茵的手指在桌面上不停的輕敲著，她盯著卿少朗流暢的在紙上飛舞的筆端，突然緊皺眉頭問道：「喂，我說，你不是已經有一個女朋友了嗎？好像還是個貴族千金，叫那什麼來著……莉莉還是娜娜？」

卿少朗並沒有因為茶詠茵突然插入的話題而有絲毫停頓，他像談論著別人的話題般，用毫不關己的態度說道：「妳是說艾莉娜？她已經不是我的女朋友了。」

「咦？」茶詠茵有點意外，她難掩好奇的追問：「為什麼？她不是公認是神雪學園最美麗的女生嗎？喂喂，你的要求也別太高好嗎？你到底對人家有什麼不滿？」

幾乎是拍著桌子替那位素未謀面的艾莉娜抱不平，茶詠茵覺得卿少朗這個人實在太不可理喻了，難道說因為自身條件太好就有資格這麼瞧不起別人？

「妳誤會了。」卿少朗對於茶詠茵的仗義直言抿了抿脣角，似笑非笑的說：「是我被她甩了。」

「……」發現自己失言的茶詠茵一下子說不出話來。對啊，憑什麼她會覺得是卿少朗的錯呢？大概是因為他總是一臉滿不在乎的樣子吧，總覺得他對什麼人也不可能付出真心。

可能是自己的白痴發言讓茶詠茵充分感受到自己的冒失，後來她就不太敢亂說話了，以至於空間飄蕩著一絲詭異的沉默。而沉默之中，只有卿少朗在紙上飛快寫著的筆發出沙沙的聲音。

「你很喜歡她嗎？」茶詠茵最後還是按捺不住，輕輕問了一句。

「不喜歡的話，就不會在一起吧。」卿少朗理所當然的答道。

原以為他不會這麼坦白的說出來的，畢竟在茶詠茵的認知中，他是高傲又尊貴的，怎麼會輕易承認自己喜歡上別人？也正因為如此，他的回答如此的乾脆毫不思考，反而讓茶詠茵有種「他是不是根本沒搞懂過真正的喜歡是什麼東西」的感覺。

「被她甩了，你傷心嗎？」她是不知道戀愛是什麼感覺啦，反正她從小到大從來沒有收到過任何人的告白。

「嗯，很生氣。」卿少朗答非所問。

「我問你的是傷不傷心！」

「我說我很生氣！」

「所以你就找個人來扮演你的女朋友去報復她嗎？」

「也可以這樣說。」

「你覺不覺得自己的行為很幼稚？」茶詠茵到現在才終於搞懂自己為什麼會來到這裡，那張海報的出現原來只是為了一個男生被甩的怨恨？

「如果妳最在乎的東西被踐踏的話，就不會對我做出這麼不負責任的指責。」

「最在乎的東西被踐踏？你有什麼東西是真正在乎的啊？被踐踏的不過是你那如玻璃般脆弱的自尊而已吧？自小被捧在手心中長大，因為長得帥，所以到哪裡都是讚美之聲，從來沒有被違背過意願的你第一次收到來自喜歡女孩的拒絕，你就受不了了？你就要報復了？你這樣只證明了自己的脆弱和無聊！」

「協議已經擬好了。」卿少朗像完全沒聽到茶詠茵的話似的，若無其事的把契約遞到她的面前，說：「時薪千元，每週結付，看清條款，沒有異議的話請簽名確認。」

「喂，你到底有沒有在聽人說話？」茶詠茵一把搶過契約協議書，迅速的流覽一遍。

「我沒有必要跟妳解釋我行動的動機，我只需要妳完美執行協議而已。還有，如果妳現在有男朋友的話，請馬上處理好私人事務。」

「處理是什麼意思？」

「馬上跟他分手。」

「真是好大的口氣，你把我當什麼？」

「不過我認為這對妳來說應該不是難以辦到的事情，因為我並不覺得妳有男朋友。」

「喂！你這樣說也太看不起人了吧！」

「哦？妳有嗎？」卿少朗完全一臉的不相信。

「……沒有。」茶詠茵即使咬牙切齒，也不得不接受這殘酷的鐵槌定音。

「簽名後協議立即生效。」

卿少朗早在契約上寫下自己的大名了，茶詠茵在一番詛咒之後也俐落的把自己的名字並排簽在了旁邊。

於是，這莫名其妙的新情侶關係就此誕生了。

「好，契約結成。明天開始……不，今天開始，妳就是我卿少朗的御用演員，給我好好表演吧！」卿少朗大少爺氣勢非常，激動的擊掌落在契約之上。

「那個……身為你的女朋友，我該做些什麼？」茶詠茵本來也不想在這位卿大少爺沉浸在自我激動的時刻打擾他，不過完全沒有戀愛經驗的她別說是扮演別人的女朋友了，她連普通的戀愛模式是怎麼樣的都從沒思考過。

「妳只要表現得足夠優秀就行了。」這就是卿少朗開出的全部條件。

「優秀……話說怎麼樣才算得上是優秀？」茶詠茵對這麼抽象的要求實在沒多少信心做到。她問：「可不可以具體舉些例子？」

「外貌、氣質、學識、舉止、談吐、內涵、儀態……各方各面，反正比她好就行。」卿少朗說。

「比她好就行？你口中的『她』難道是……」她已經開始有不祥的預感。

「沒錯。就是艾莉娜。」卿少朗最後的話語終於確定了那個不祥預感，「妳的任務，就是擊敗我的前女友。」

「喂喂，什麼擊敗不擊敗的！我說你這也太為難人了吧？先別說那些完全無法用實質東西來比較的氣質學識內涵什麼的，單是外貌這一項就已經不是人為可以決定得了的啊！」茶詠茵大叫道。

「有這麼難比較嗎？妳們女孩子不是化妝前後就像換一個人似的？妳去化個比她好看的妝來不就成了？」卿少朗似乎並不在乎。

「你這扭曲的審美觀到底是從哪裡來的？化妝技術再好也不會出現整容效果的！」她對這個完全曲解女性世界的男生絕望了。

「我管妳。反正美醜這種東西就是很主觀的個人感覺而已，有足夠的自信就可以打敗敵人。」卿少朗卻完全不在乎。他看了看銀懷錶說：「時間到了，先跟我去一個地方。」

「去、去哪裡？」被卿少朗不容分說就拉著走的茶詠茵，生怕他會直接把自己扔進獅子籠裡，看他的樣子是什麼都做得出來。

「帶妳去見見妳的對手。」

「……直接去見艾、艾莉娜小姐？」茶詠茵有點不敢相信他的話。從簽定契約到直接迎戰敵人，這進展也太快了一點吧！

「我們去茶會。」

扔下這句話就再也沒有發言的卿少朗，直接把茶詠茵帶到另一個她完全無法想像的世界之中……

◆※◆※◆※◆

神雪學園的S區大得就像一座小型的城市。穿過一座高大的圓形石砌拱門之後，彷彿進入了另外一個時空之中。這裡有乾淨的街道、熱鬧的商店、高級茶座，居然還有銀行……

「這真的是學校嗎？」茶詠茵像來到了外星球一樣對自己眼中的事物發出疑問的感慨。

「這裡是S學區的室內休閒場所，這有什麼好值得奇怪的？就算是你們B區也有類似的地方吧。」卿少朗對茶詠茵的驚訝不以為然。

「B區的休閒場所只有普通小吃店和體育館吧……」茶詠茵喃喃道。不停張望著周圍的她，感覺到了卿少朗對她發射過來的不滿視線。

「抱歉抱歉，我是轉學生嘛，第一次總是比較好奇啦！」這樣解釋著自己的行為，茶詠茵微笑著就算糊弄過去了。

走了約十分鐘後，兩人來到一個看起來相當高級的地方。

「這裡是會員制的茶會俱樂部，普通人不被允許進入。」

卿少朗這樣說著的時候，亮出了手中一張鑲有金邊的黑色卡片，門口的侍者立即恭敬的彎腰，並為他打開大門，茶詠茵緊跟在卿大少爺的身後，雖然知道神雪學園是傳統的貴族式校園，但她從小到大還真沒遇到過別人會向她行這麼大的禮。當然，這個大禮是因為沾到前面那個傢伙的光啦……

「真的像在演戲一樣啊……」茶詠茵不禁嘀咕著，就像眼前這種一進門就有一整排侍從分站兩邊的誇張場面，在她的認知裡這是只在電影中才會出現的景象。

「卿少爺，這邊請。」其中一個看起來像管事的中年男人，穿著筆挺的西裝一絲不苟，把卿少朗和茶詠茵帶向某個固定的座位。

卿少朗低聲的吩咐過後，這位中年男人就離開了。

在這個一看就知道是專座的區域裡，茶詠茵就坐在卿少朗的對面。

「這是給妳的。」卿少朗遞給茶詠茵一張金屬卡。

茶詠茵接過這張看起來與剛才目睹卿少朗使用的非常相似的黑色卡片，問道：「俱樂部會員證嗎？」

「沒錯。因為妳的身分太過低微，很難申請到這裡的會員，所以只好給妳我的附屬卡了。」卿少朗說。

「身分低微真不好意思！」茶詠茵哼了一聲。

「不過這樣也正好，以後甩掉的時候也不會心痛。」卿少朗扯了扯嘴角。

——這個傢伙還真不是一般的傲慢啊……

茶詠茵覺得卿少朗完全不值得讓外面那些女孩們為他這麼瘋狂，他自戀自負又自滿，總是一臉瞧不起人的可惡態度，單是長了一張能騙人的帥氣臉孔而已，因為身處S區難以接近，所以才會讓女孩們無法認清他的真面目！如果大家知道自己所仰慕的王子只不過是這麼一個嘴巴超壞、心眼超小、滿腦子幼稚思想的傢伙，想必會大失所望吧。

「反正我只是一個演員，又不是你的什麼人，你還沒有『甩』我的資格！」茶詠茵不屑的反擊道。

「哦……有點鬥志的樣子呢。不錯。」卿少朗笑了。

茶詠茵卻不知怎的臉上一紅。不可否認，這個傢伙的笑容的確很迷人，印象中自己還是第一次看到他這樣笑呢……

火焰般的愛情獵人

香氣四溢的熱茶和放在特製銀架上的精緻點心已經送上，放在鋪有乾淨桌布的圓桌上，茶詠茵手裡拿著小巧的叉子，伸向了她早就相中的一塊草莓蛋糕。

從未吃過如此美味的蛋糕呢！茶詠茵感受著這入口即化的、完全不像人間食物的絕世美味，覺得自己以前吃的那些蛋糕完全不能稱之為蛋糕了。

一邊吃著點心，一邊喝著香噴噴的熱茶，實在是最高的享受！已經不想再回到普通的世界了，這裡簡直是世外桃源啊……茶詠茵邊吃邊忍不住淚流滿面，為什麼自己墮落得這麼理所當然，快點清醒一下啊喂！這不過是一頓S區的普通下午茶而已，又不是什麼高危險化學品，自己的骨氣怎麼可以這麼輕易就溶解在這樣一杯熱紅茶裡面！

「真好喝……」茶詠茵滿足的嘆了口氣，她已經幸福得有點忘記自己來這裡的目的了。

「看，是中學姐……今天依然風采那麼迷人呢……」

一陣小小的喧囂自遠處傳了過來，茶詠茵和卿少朗都不禁被這小騷動引起注意，不約而同把目光轉了過去。

只見門外不遠處進來了一個披著豔紅色披肩的女孩，她那貼身的短裙毫不保留的向所有人展示著那雙漂亮的長腿，長而微捲並染成暗紫色的長髮自肩上垂落，一雙桃花媚眼尤為醒目，彷彿被她掠過的視線所沾染的人，都難以倖存成為她的俘虜。

「那個女生好搶眼。」茶詠茵也不禁驚嘆，「真的好像是從天國裡走出來的人一樣，完全沒有一點平凡人的氣息啊！」

「妳眼睛瞎了？什麼從天國裡走出來的人？她根本是神雪學園最可怕的魔女——申蘺她一肚子壞水，小心別太接近她。」卿少朗轉回頭來，敲著桌面對茶詠茵警告道。

「但是，她好漂亮啊……」茶詠茵卻因為這突然出現的女孩太過耀眼而無法移開視線。

不知道是出於什麼樣的感應，申蘺的視線轉了一圈，立即鎖定了卿少朗這一桌——從她的反應看來，她對於那個與卿少朗同桌、一直盯著自己看的陌生女孩也沒錯過，嘴角似乎有一絲詭異的笑容一閃而過，下一秒她便毫不遲疑的朝卿少朗的方向走了過去。

「她過來了。」

茶詠茵只是在陳述一個事實，卻聽到卿少朗低低的「嗤」了一聲。

「難道說，原來你們互相認識嗎？」茶詠茵這樣問卿少朗，怎麼看申蘺都不可能是因為自己而過來，那麼對方會走向這邊就只有一個可能——她認識卿少朗，並過來打招呼。

答案很快就揭曉了。在茶詠茵還沒問出下一個問題之前，申蘺已經憑著她過人的長腿走完了那短短一段路程，果然停在茶詠茵和卿少朗這桌的旁邊，她一臉與卿少朗非常熟絡的表情，似笑非笑的直接伸出雙手就一把從後面抱住了坐在椅子上的卿少朗。

「少朗，怎麼最近都不理人家了？我可真是想死你了。」

申蘺撒嬌似的口吻讓茶詠茵看得目瞪口呆。不只茶詠茵，在場的所有男生都朝卿少朗投去異樣的目光，其中有羨慕、有妒忌，更有不屑，還有不甘；一旁更有女生低聲咒罵無恥的聲音，但是她們卻沒有申蘺這樣的膽子，竟敢公然在大庭廣眾之下與男生調情。

種種情緒交織，造就出短時間的茶座寂靜氣氛，大家都不禁把視線投向了這邊。

挺腰坐在椅子上的卿少朗一臉淡定，他只輕輕轉過頭去，視線對上了幾乎伏在自己背上的這個妖嬈女孩，淡淡的說：「妳今天的香水真嗆。」

中蘺似乎對於這樣明顯的挑釁並不在意，她好看的眉彎了彎，心情似乎更加好了。她把嘴唇湊到了卿少朗的耳邊，手指也不安分的遊走在卿少朗的胸前。

「你真是太壞了，明明說好和女朋友分手的話，就由我補上她的位置。據我所知，艾莉娜已經不再是你的女朋友了吧，那麼現在你已經不能拒絕我了吧？」

中蘺露骨的表白讓茶詠茵的叉子幾乎失手飛出去插到她頭上。

——這、這、這是什麼狀況？！

「我的女朋友就在這裡，請妳別太靠近我好嗎？」卿少朗對中蘺的糾纏不為所動，冷漠的環抱著雙手說道。

「你的女朋友？」中蘺呆了一呆，抬起視線朝四周看了一圈，生氣的問：「在哪？！」

這女人的態度真是太叫人火大了。茶詠茵雖然知道自己並不是什麼天姿國色，身分又平凡，也沒有什麼拿得出手的優勢，但是這樣被人直接且乾脆的無視還是第一次！

照中蘺的反應來看，她是完全把茶詠茵摒除在「卿少朗女朋友」的可能性之外，因為她完全沒有懷疑過這個可能性，或者說，她根本不接受這個可能性！

「不好意思，他的女朋友就是我！」茶詠茵一拍桌子，刷的站起身來。

戰爭就此拉開了，完全是一觸即發的可怕對峙！一瞬間，不只申蘺，就連高級茶座裡所有的客人都發出不可思議的驚呼聲。

「她就是卿少朗的新女友？這是騙人的吧！」

各方的討論完全不加掩飾，大家交頭接耳討論著這突如其來的異變。

「怎麼看都只是一個普通的女生而已啊，她是哪家的千金小姐嗎？」

「好陌生的面孔，以前從來沒有見過她啊……難道說她其實有什麼可怕的背景？」

「一定是吧，不然卿少朗怎麼可能會看上一個這樣普通的女生？要是跟艾莉娜小姐比起來的話……不不不，根本就沒有可比性！」

「別說是艾莉娜小姐了，就是申蘺大人也甩她好幾條街吧！」

——你們討論得太張揚了，我全部都聽到了啦！

茶詠茵氣得握緊拳頭，不過事到如今，也不能退縮了，誰叫她是卿少朗請回來的「專職演員」，收了別人的錢就得辦好自己的事，這不是理所當然的嗎？

「就趁這個機會說清楚好了。」茶詠茵指著申蘺，大聲的宣布：「卿少朗的現任正牌女友就是我——茶詠茵！妳別再對別人的男朋友這麼肆無忌憚，快點給我放開妳的手！」

「哦——」故意拉長了聲音，申蘺並沒有依照茶詠茵的指示放開卿少朗，相反的，她靠得更近了，完全以一副不屑的表情盯著茶詠茵看，「妳就是少朗的新女朋友？不是吧……就憑妳這樣的……哈哈……哈哈哈哈！真是笑死我了！」

「妳也適可而止吧。」卿少朗也發話了，他撥開像藤蔓一樣纏繞著自己的申蘺，站了起來說：「正如詠茵所說的，她就是我現在的女朋友，請妳別再來煩我了。」

「真的假的……」申蘺沒料到這口出狂言的小丫頭居然不是信口開河，她是卿少朗的現任女朋友？！她憑什麼？依然無法相信這個事實的申蘺再次正色的問道：「就算是開玩笑也該有個限度呢，我的卿少爺。」

「我的樣子像是在開玩笑嗎？」卿少朗問。

「如果你只是想隨便找個藉口來打發我的話，我是不會就此接受的。」申蘺一臉才不會上當的表情道：「你只是拿她來搪塞我而已，何必呢？你知道我是不會這麼輕易放手的。如果是艾莉娜的話也就罷了，但這樣一個小丫頭怎麼可能入得了你的眼？你敢說你真的喜歡她？喜歡她的哪一點呢？或者該說，你的『喜歡』本來就一點說服力也沒有。」

——我有這麼差嗎？！

茶詠茵恨得牙癢癢的，真想把手中的紅茶直接朝這女生的臉上潑出去！但是，對方說的話好像也的確是事實……如果不是因為契約，卿少朗的確不可能會喜歡她，其實就算有所謂的契約存在，這喜歡也只是虛假的「喜歡」，根本就是演戲。

「我喜歡她就只是因為我喜歡她，並不需要什麼理由。」卿少朗的回答明顯有點避重就輕的意思。

「果然是說謊。」申蘺一臉篤定。

「那麼我來問妳，妳又喜歡我什麼？」卿少朗反問申蘺：「妳對我的瞭解又有多少？妳知道我喜歡的東西是什麼？我的興趣是什麼？我的習慣是什麼？除了喜歡『卿少爺女朋友』的名號之外，妳對我本人一點也不關心，妳只是單純想要攻下這個虛榮的名號而已吧？」

「真的好過分……」申蘺一臉痛心，不知是被說中了心中暗藏的目的，還是真的被心愛的人指責而寒心，「在你的眼中，我的心意就被你理解成這樣齷齪的念頭嗎？」

一時之間沒有人接話，氣氛更冷峻了幾分。

茶詠茵站在一旁，完全不知道該不該在這敏感的時刻說些什麼。

「算了。」反倒是申蘺最先打破了沉默。她瀟灑的甩了甩一頭好看的長髮，笑著對卿少朗說：「你就逃吧。總有一天，我要你跪在我的面前，乞求我對你感情上的施捨！」

說完之後，完全不給敵人反駁的機會，申蘺就昂首闊步的離開了。

「……真是豪邁的宣言。」

對於申蘺的最後一句話，茶詠茵也不得不甘敗下風。那是要有什麼樣的自信，才說得出這麼無恥的話啊？！

「真是累死了……」卿少朗一手撫著前額，一邊喃喃的低語：「每次碰到她都覺得要死一批腦細胞。」

「為什麼你會被這種人盯上？」茶詠茵不解的問。

「妳沒聽過神雪學園最可怕的愛情獵人申蘺大小姐嗎？」卿少朗說。

「報告卿少爺，我才剛剛轉學過來。」茶詠茵不得不再一次重申。

「……」好像現在才想起這個事實，卿少朗只好親口解釋一番：「這個變態的女人最大的興趣是收集別人的愛情，或許把別人的感情玩弄於股掌之間能讓她得到至高無上的快樂。據我所知，現在S區裡稍有名氣的公子少爺們都幾乎敗在了她的石榴裙下，至今神雪學園裡能逃過她魔掌的男生已經所剩不多了。」

「你是她的下一個目標？」茶詠茵不禁對卿少朗生出了點莫名其妙的同情，她說：「那可真要命呢。」

「這還不都怪妳！」卿少朗突然拍打著桌面，生氣的指責道：「都是因為妳級數差太遠了以至於讓她看扁了，要是妳能再優質一點的話，怎麼會連自己的男朋友都保不住啊！」

「喂，你說話講不講道理的？」茶詠茵也生氣的回罵道：「對著這麼無恥的女生誰都鎮不住的啦！當然，如果暴力使用是合法的話，我可以跟她ＰＫ沒問題！」

「妳快點去自我增值啦！不然每次把妳介紹出去的時候，別人總一臉以為我品味出了問題的樣子！」卿少朗道。

「不就是外貌氣質談吐舉止嘛，你給我十萬八萬去整個容先。」

「妳這樣子怎麼整都白費的，怎麼可以在妳身上浪費錢。」卿少朗哼了一聲，又低聲說了一句：「而且整了的話搞不好就不再像了……」

「像什麼？」茶詠茵並沒有錯過這一句低語。

「不關妳的事。」卿少朗卻完全沒有繼續聊下去的意思，他岔開話題說：「身為別人的女朋友，至少給我拿出點專業精神來。」

「哦？專業的女朋友是怎麼樣的呢？你是想我像申小姐那樣抱著你嗎？」茶詠茵揶揄的問道。

「女朋友準則之一，不准跟妳的男朋友回嘴。」卿少朗咬了咬牙。

「大男人主義！」茶詠茵卻一點也不認同，「就是因為是女朋友，才更應該對男朋友坦承自己對他的一切看法。我又不是你養的小貓小狗，你既然選我做你女朋友，就至少得接受這一個事實。」

「妳真的很煩。」卿少朗居然發覺自己有點招架不住這個女生的話。

「很煩也是我的特色之一，誰叫你選中我呢！」詠茵一臉幸災樂禍的說：「而且現在你想換『女朋友』的話，之前對申蘺小姐誇下的無責任謊言就自動破滅了，現在你已經沒有退路了，只能選擇我。」

「……」思考了一下的卿少朗瞪大了眼睛，「真的假的？控制權逆轉了嗎？」

「現在才發現嗎？大少爺。」茶詠茵裝出一臉惡魔的樣子。

「還有呢，你那句『我喜歡她就只是因為我喜歡她，並不需要什麼理由』真是說得太好了，超帥的！以後就決定用這句萬能的臺詞混過去吧。問題圓滿解決！」茶詠茵歡呼。

「說到底妳只是想逃避！明天開始，給我好好去學習社交禮儀！」卿少朗一下子就戳穿了茶詠茵的死穴。

「呃……真的要學嗎……好麻煩哦……」茶詠茵垂死掙扎中。

「女朋友準則之二，無條件為妳所愛的人付出努力達到對方喜歡的樣子也是必須的，就讓我看看妳的決心有多少吧。」

「當你的女朋友還真辛苦。」

「如妳所說，我也不可以重新選擇了。妳敢不做的話，這次的違約金可就不止是四萬八千元了。」

「吸血的魔鬼！」茶詠茵指著卿少朗罵。

「現在才發現嗎？茶大小姐。」卿少朗用茶詠茵之前吐槽過自己的話來堵她。

「我有名字的，別叫我茶大小姐。」茶詠茵抗議。

「那就叫妳茶茶吧。」卿少朗直接把她的名字簡化了。

「我叫茶詠茵！」

「我喜歡叫妳茶茶。」

「你只是單純喜歡這個字吧，變態茶控男！」

「嗯，隨妳怎麼說。」卿少朗完全不在乎，他說：「還有，妳是我的女朋友，不要老是喂喂喂的，妳應該叫我少朗。」

「……」一時卡住的茶詠茵還真有點叫不出口，彷彿一旦這樣稱呼起來，就會進入一個莫名尷尬的狀況中，雖然說在男女朋友之間這樣親暱的稱呼很正常，但她和他只不過是契約情人，又不是真正的情侶。而且「少朗」這種感覺異常親密的叫法，讓她有點「萬一叫了就會戲假情真」的可怕感覺。

「妳在猶豫什麼？快點叫一聲來聽聽。」卿少朗催促著，「別這麼見外嘛。」

「誰跟你見外啊……我只是……只是……喉嚨痛！」茶詠茵臉紅的把頭扭到一邊去。

「沒想到茶茶同學這麼純情。」卿少朗一臉壞笑的說：「不過是個名字而已，叫一下也不會懷孕的。妳該不會是在害羞吧？」

「誰說我害羞了！」茶詠茵僵直的坐正，硬是張口控制著嘴巴，叫道：「少、少……」

卿少朗的眼睛就這樣直勾勾盯著自己看，茶詠茵覺得全身的血都沖到頭頂去了，她的臉已經紅得彷彿可以滴出血來。然而，只不過是簡單的喊出對方名字這麼低程度的難關也過不去的話，自己又有什麼資格去扮演對方的女朋友？

都怪那一雙眼睛！卿少朗的那一雙眼睛漂亮而迷人，任誰被這樣的一雙眼睛注視著都會失去理智吧。而他嘴邊淡淡的、彷彿帶點戲謔的小嘲弄，也讓茶詠茵無法順利的把那兩個字叫出口。

「少朗……」用低得不能再低的聲音叫出了對方的名字，茶詠茵好像用盡了全身的力量似的，有種虛脫感。絕對不能落入對方的陷阱中！不然就等同於落入不可挽回的地獄！愛上一個人永遠比忘記他容易，一不留神就會萬劫不復。

「喂，妳真正的敵人來了。」

正當茶詠茵的心還在因為卿少朗的注視而動盪個不停時，卿大少爺的注意力早已轉移到別的地方去了。

「敵人？」茶詠茵還在疑惑自己哪來的敵人，就看到卿少朗的表情嚴肅了起來。

卿少朗示意茶詠茵看過去的地方，正有三個女生經過。

「哇，那個高年級的學姐看起來好優雅。」茶詠茵低聲跟卿少朗說道。

在正中間的那個穿著高年級制服的女孩旁邊，還有兩位與其穿著同樣制服的女生相伴而行。三位無疑都是華麗至極的美人胚子，不過中間那位長直髮的女生卻散發著與眾不同的高貴氣質，溫柔的微笑著傾聽身邊兩位同伴的談話，偶爾應答一句什麼，明明說得最少，卻像是整個空間的核心一樣被圍繞在其中，彷彿聚集了所有的關注和恩寵，她就是有那麼一種讓人無法移開視線的力量。

而這種力量和申蘺是完全不同的風格。申蘺大小姐是屬於豔光逼人，讓人睜不開眼睛，而這位不知名的學姐卻是一身的聖光環繞，讓人不得不膜拜。

「妳該不會是迷上她了吧？」卿少朗看著幾乎被迷去了心智的茶詠茵。

「她真的好有氣質啊……老實說，我還真的從來沒見過比她更漂亮的人！」茶詠茵驚嘆的回答，她的視線根本離不開這個漂亮的學姐，當然更看不到卿少朗臉上陰霾的表情了。

「妳到底知不知道自己的立場啊？」卿少朗一臉看著傻瓜似的對茶詠茵說：「妳知道她是誰嗎？她就是妳的目標敵人，艾莉娜啊！」

「她就是艾莉娜？！」茶詠茵一下子驚嚇得連嘴巴也合不上來。

「沒錯，妳的任務就是要擊敗她。」卿少朗說。

「擊敗……哪方面呢？」這是開玩笑的吧？她覺得這並不是隨口說說就能做到的事……

「各方面！」卿少朗的樣子似乎並不像是在說笑。

「這也太難了吧？可以擊敗艾莉娜小姐的人……我覺得在神雪學園裡面，應該不會有這樣的人存在！」茶詠茵誇張的攤開雙手。

「那我們就現在回去解約吧。記得把違約金付清給我，一塊錢都不能少。」卿少朗一臉失望，作勢要站起來。

「唉唉唉？」茶詠茵一聽到這裡就幾乎要跳起來，「為什麼要我賠償啊！這不合理！」

「我請妳來的目的就是要打敗艾莉娜，但是既然妳說自己做不到，那就沒有必要再維持契約了。」卿少朗說。

「就算要解除，那也沒理由要付你違約金啊！」茶詠茵急了。

「因為妳並沒成功履行契約。」

「這種任務任誰也無法完成吧！」

「妳又沒有努力過，怎麼知道完成不了？」

「……這不是一眼就能看得出來的結果嗎？對方可是艾莉娜小姐……」

「剛才面對申蘺的時候，妳不是鬥志高昂來著？」

「她那麼明顯的挑釁，誰都會生氣啊！」

「那就拿出相同的鬥志來對付艾莉娜。」

「說得真容易。別這麼輕鬆的說著不負責任的話。」

「這不像妳啊，難道說妳對自己就這麼的沒有信心嗎？」

「這種時候就算用激將法也是沒用的，卿少爺。」

「妳這個女人真沒志氣。」

「……」

完全抓不住重點的一場爭論結束後，卿少朗失望的支著下顎，鬱悶的說：「她就真的有那麼難以超越嗎？」

「這個……」茶詠茵也有點困惑，「如果單從『人』這個角度來說的話，艾莉娜小姐無疑是個出色的女生，但如果從『女朋友』的角度來說的話，那就得看男方的情感標準了，畢竟愛情是一種無法用尺規衡量的東西啊！情人永遠是最優秀的，哪怕她並不是艾莉娜，只是因為愛上她，她就比任何女生都要優秀。如果從這一方面想的話，只要是你喜愛一個女生的程度超過了艾莉娜，從某一方面來說，那個女生的存在自然就已經超越了艾莉娜。」

「所以妳的結論是？」卿少朗緊盯著茶詠茵。

「所以我的結論是，你根本不應該制定這些『契約情人』什麼的，你應該真真正正去尋找一個新的對象，一個真正能讓你喜歡上的人。」茶詠茵認真的說。

「……能讓我喜歡上的人？」卿少朗皺起了眉頭，他似乎真的在思考著茶詠茵所說的話的可行性。

「只有真正喜歡上一個人，你才能擺脫現在的這種狀態。而事實上，你之所以會找一個契約情人來對付艾莉娜，正是你還不能對艾莉娜忘懷的一種消極表現，與其在暗地裡做些無意義的行為，還不如敞開心胸，去接受新的愛情。」茶詠茵一邊喝著紅茶，一邊耐心的向卿少朗分析。

「說得真像個專家一樣。」卿少朗在桌面上輕敲著手指，「妳說的也不是全錯，『情人永遠是最優秀的』，只要是我喜歡的人自然可以超越艾莉娜，說得真好。那麼——」

卿少朗傾身向前，對著茶詠茵說：「妳就努力讓我喜歡上妳吧。」

茶詠茵差點把紅茶一口噴出去。

「這任務的難度級數不是跟『超越艾莉娜小姐』一樣難嗎？！」她朝著卿少朗大吼。

「這是為了驗證妳自己的理論。」卿少朗笑了笑，「只要妳能讓我喜歡上妳，那麼在我的心中妳就可以超越艾莉娜，從這結果看來就跟我現在想要實現的目標是一致的，契約可以成立。」

「你腦子有沒有問題！」茶詠茵不得不佩服這位卿大少爺的歪理，「你是不是有什麼地方搞錯了？喜歡的對象是需要你自己真正用心去尋找的，哪有像你這樣隨便找個契約者就要求對方愛上你的啊？！」

「因為這樣比較快捷，而且方便。」卿少朗完全不認為自己的決定有什麼問題。

「你以為泡女孩子跟泡麵一樣啊？還方便快捷咧！你到底有沒有誠意？」茶詠茵拍著桌子再次吼道。

「反正妳是我的女朋友，喜歡上我是妳應該做的事情吧？」

「你別忘記了，這只是契約……」

「那又怎樣？」

「那就是說，即使我愛上你，那也是假的！」

「……」卿少朗沉默了。

他大概是終於發現事情的本質了吧？茶詠茵好不容易呼出一口氣，要對這個腦子打結的男生做這樣的說明真是好累啊，他總是跳躍性的想到某些莫名其妙的方向去。

「真奇怪啊……」卿少朗不解的看向茶詠茵，「一般來說，妳不是會理所當然的愛上我嗎？以我受歡迎的程度，就是在學校裡隨便走一走，愛上我的人就夠環繞操場好幾圈了。怎麼也想不通呢，妳對我有什麼地方不滿？」

「憑你這自戀的態度就夠讓我不滿了！」茶詠茵吐槽。

「嘖。」卿少朗不禁撇了撇嘴。隨即他又轉正身體，對茶詠茵說：「妳果然很有趣。」

「有趣？你確定一個人是否有趣就因為對方並不足夠仰慕你嗎？」茶詠茵不悅的反問。

「並不是。」卿少朗搖了搖頭，他輕笑的說：「是妳那異常認真的態度讓我發笑。妳果然是個有趣的傢伙。」

「什麼？」茶詠茵並不太懂對方話裡的意思。

「我是說，哪怕對方是在跟妳開玩笑，妳也會很認真的投入討論，這樣子真是相當的有活力啊！」

「開玩笑……你是說，你剛才一直在和我開玩笑嗎？」茶詠茵似乎從對方那似笑非笑的表情中抓到一點端倪了。

「當然啊！誰會因為一紙契約而輕率決定自己的情人啊？一般來說，在我說出那句話的時候，對方應該會當作是個笑話來看待才對，而妳卻相當認真的在反駁我呢，所以我忍不住就順著妳的意思裝下去了，沒想到妳完全看不出來。」

「……」茶詠茵閉嘴不語。過分認真的性格也是她的錯，但她怎麼知道眼前這個無良渾蛋只是在耍著她玩？

「或許在妳的心中，其實我只是個沒有腦子的有錢混帳少爺，喜歡沒事找事，毫無建設性的活著，跟你們這些自詡才是『正常人』的學生相比，是活在不諳世事的白色象牙塔裡的傢伙？」

不可否認……她的確就是這麼想的。茶詠茵低下了頭。不過，那是因為卿少朗本來就擺出一副玩世不恭的樣子來，是誰都會產生這樣的聯想吧！

「我還沒有到那麼不可理喻的地步。茶茶小姐，契約到現在還是生效的，妳的任務也沒有變，是『假裝』我的女朋友。當然，我希望妳能超越艾莉娜的心並不假，但並不是妳想的那樣……」

卿少朗緩了緩，才繼續說下去：「我並不是想要報復她，也不是想要她對我回心轉意，我只是想要向她證明，她之前跟我說過的那些話，都是她的一己之見。」

「她跟你說過什麼？」聽了卿少朗這樣說，茶詠茵不禁好奇起來。

「……」卿少朗沉默了一陣，然後站起來說：「好了，今天到此為止。明天中午的午休時間，記得準時出現。這個給妳，這是我的休息室鑰匙。」

茶詠茵接過一把銀光閃閃的鑰匙，她說：「為什麼不是電子卡啊……鑰匙好麻煩哦。」

「多少人想要還要不到呢，妳這女人至少給我心懷感激。」

「又來了……」

已經習慣了卿少朗的自戀式發言，茶詠茵現在已經可以免疫的、不對他的任何言論做出過激反應了。

神雪學園風雲榜

第二天，神雪學園校園內——

目前就讀於B區一年D組的茶詠茵，被導師安排坐在了小綾班長的隔壁。大概因為她是中途轉過來的學生吧，出於特別照顧，小綾成了茶詠茵的特別指導。

「昨天我有去妳的寢室找妳，本來想說帶妳逛一下學園周邊，沒想到去到妳的寢室時，妳已經不在了。」小綾在下課的時候這樣對茶詠茵說著。

「啊啊……原來妳有來找我啊？真不好意思，那時候我自己一個人外出了。」茶詠茵抱歉的說道。

「沒關係啦。不過妳還習慣嗎？真少見呢，一般新生都會因為神雪學園的規模太大而不敢亂走，怕會迷路什麼的……妳倒好，第一天來就到處跑了，是那種喜歡冒險的性格吧。那麼，有遇到什麼好玩的事嗎？」

小綾班長笑咪咪的，她的樣子甜美又可人，雖然不是什麼頂級大美女，卻感覺比較容易親近。茶詠茵不禁想起昨天在S區高級茶座裡遇到的那些漂亮的知名人物，感覺離自己真的好遙遠……

「好事嗎？找到了意外的打工，不知道算不算是好事。」茶詠茵這樣嘀咕著。

「咦？找到了打工？」小綾有點意外，「在學校裡的確經常有不同的打工情報，而且學校也不反對這種課餘活動，不過一般來說打工工作都是老師發布的，或是校方的公共活動性質的打工，妳的是哪一種呢？」

「呃……」不敢直說自己的打工內容是充當別人的「契約情人」，茶詠茵只好支吾以對的說：「是私人性質的打工啦……不是老師或是學校那麼高級的……」

「私人性質的打工？！」不料小綾的表情卻更為意外，「能發報私人性質的打工，那是S區學生才有的特權啊！難道詠茵妳接到了S區的委託打工嗎？是誰是誰是誰？！快點告訴我啦！」

「這這這這……」被小綾抓住搖個不停的茶詠茵完全不知如何是好，她怕自己吐出那個名字之前，就已經喪命於小綾那恐怖的威逼之下了。

「因為契約關係……不能說的。」茶詠茵不知這樣自己算不算撒謊。事實上她不得不如此，如果還想有命活在B區，最好還是和S區的那個傢伙劃清界線──她可不想轉校沒幾天就被圍毆至死！

「嗚……真是的……害人家好失望啊！」小綾相當的不滿，「S區發布的私人打工機會很少很少的！因為大家都渴望接到這種工作機會，所以一般情況下，幾個小時就會因為應徵者太多而招滿人了……居然會在轉校的第一天就遇到並且成功通過，詠茵妳的運氣真是太好了啊！」

「這種打工有這麼稀貴嗎……」茶詠茵一邊擦汗、一邊說。

事實上，那天面試的壯觀場面她也算是親眼目睹，但她一直以為那是因為自己正好趕上了最後截止時間，所以碰上人最多的時候，而現在回想起來，那張海報上根本就沒有寫所謂的截止時間……原來是剛剛才貼出來的嗎？因為S區的打工招募總是數小時內就會結束，所以根本不需要寫上截止時間。

短短數小時就招到這麼一大批的應徵者，也實在有點可怕過了頭。

「當然了！那可是唯一可以接近S區的可能性。」小綾對並不太清楚自己做了什麼不得了的事情的茶詠茵教誨道：「多少人渴望能一窺S區學生們的日常而不得其門而入啊！沒想到這麼珍貴的機會卻被妳這個完全不懂感恩的傢伙占去了，真是的。」

「唉！早知道那天就去廣場看一下了，竟然錯過了這麼寶貴的機會……」小綾一副痛心疾首，扯著茶詠茵不肯放開，她不死心的問：「到底是什麼工作嘛！說來聽聽啊，別自己一個人藏著高興，這樣太狡猾了啦！」

「嗯……」茶詠茵為難的想著措詞，「我是去當了個演員。」

反正當初海報上的確是這麼寫的，「招募女性演員」，是這樣沒錯。

「演員？」小綾呆了呆，又問：「難道是那個蓮笙少爺提供的打工嗎？只有他在經營著S區的話劇社呢……哇！詠茵妳好厲害，居然一下子就進入了那麼高級的社團！」

「蓮笙少爺是誰啊？」茶詠茵雖然知道小綾肯定是會錯了意，不過S區真有這麼個話劇社團，倒是讓她有點驚奇。

「妳不知道蓮笙少爺嗎？啊對哦，妳剛剛才轉校過來，連卿少朗少爺都不認識，更別說是其他人了。不過呢，身為神雪學園的學生，這些光是說出名字就已經讓人膜拜的人物，妳居然一個也不認識的話，也太不像話了。」

小綾拿出一本學園週刊——這本設計得像是明星雜誌一樣的學園週刊，茶詠茵懷疑這真的是學校官方的刊物嗎？——指著上面幾位風頭正盛的人物向茶詠茵講解。

「神雪學園風雲人物NO.1：卿少朗。他是神雪學園裡最神聖的存在！普通人是不可能與之並論的超級貴公子，他超然而卓越，灑脫又不羈，雖然他對任何人都是一副愛理不理的態度，但與此同時，卻又對自己所愛之人無比專情……對了，昨天妳也見過他的，是不是有種被他電到的感覺呢？嘿嘿……」

小綾光是解說就已經一副春心蕩漾不已的表情。

茶詠茵默不作聲的裝作認真聽講，但事實上心裡一點也不認同小綾的話。

——什麼超然而卓越、灑脫又不羈，都是假的！這些形容詞跟我昨天見到的那個人完全沒有一毛錢關係！若是讓我來評價，那傢伙是無禮又驕傲，自大且可惡吧！

不過，這對於完全沒有跟卿少朗真正面對面接觸過的小綾或是其他普通女生來說，卿少朗的形象都是她們按照自己的幻想而虛構出來的——經過一番的裝飾與加工，他惡劣的一面完全被掩蓋收藏，剩下的只有無比令人眩目的虛假表象。

「神雪學園風雲人物NO.2：霍蓮笙。他的地位僅次於卿少朗大人，因為行蹤比較飄忽不定，大家想要見到他真的比中樂透還難，不過正因為如此，學園裡總是充斥著關於他的傳說……他神秘而浪漫，同樣是很多女孩子心中的白馬王子呢！而妳，詠茵同學！居然可以被招收成為他所創辦的話劇社裡的一員，真是應該感謝天恩了！」

——這個叫什麼霍蓮笙的傢伙，我根本就沒有見過……

茶詠茵苦笑著不知道該不該在小綾正說得高興的時候打斷她。

「還有神雪學園風雲人物NO.3：艾莉娜小姐。她就是神雪學園第一女神，不但有著無人能及的美麗外表，而且也有著非常良好的教養，從不會大聲斥責別人，總是一副溫婉的笑臉，完全沒有架子，她是萬千少女的終極楷模！順便告訴妳，她在神雪學園有非常多的粉絲團，光是我們班就已經有半數以上的男生迷戀著她哦……哈哈，可惜她的男朋友是卿少朗大人，根本沒有人可以比得上，那幫小子們傷心得很呢。」

——卿少朗早就已經不是艾莉娜的男朋友了。

茶詠茵心裡默默的想著。不過，顯然這個情報還沒傳到B區呢！但紙是包不住火的，這種事遲早會讓所有人都知道。其實以艾莉娜小姐的條件，估計現在已經有新的男朋友了吧？說不定正是因為她變了心，所以才會甩掉卿少朗？

雖然卿少朗被公選為神雪學園NO.1的最佳男朋友人選，但事實上愛情這種東西正如她之前所說的並不能以此來衡量，只要心裡出現了深愛的人，自然就能成為誰也無法比擬的NO.1了……那麼，現在的艾莉娜心中，誰又是她的NO.1呢？

不禁陷入胡思亂想的茶詠茵，只草草聽到小綾口若懸河的繼續說下去。

「神雪學園NO.4：申蘺小姐。她也是個超級厲害的人物呢，是曾經引起過相當火爆話題新聞的話題女神哦！擁有『愛情獵人』之稱的她，對於掌控男性的心理真是非常讓人拜服，據說她的戰績是已經捕獲了S區三十名以上的貴族少爺願意臣服於她。當然，我們B區的黃毛小子她是肯定看不上眼啦！她的獵物都是那些身價不菲的人物，但也有傳言說她一直攻不下卿少朗少爺……不知道是不是真的。不過也難說啦，畢竟艾莉娜小姐的存在是非常大的障礙，中蘺小姐想要從這樣強大的對手手中搶下對方的男朋友，也不是那麼容易的事情。」

——什麼愛情獵人？中蘺根本就是個恃美行凶的任性傢伙而已！

茶詠茵不以為然的哼了一聲，卿少朗是她的獵物目標之一也的確是事實。她開始有點好奇這本週刊的資訊來源，到底是誰會寫出一本這麼濃縮精華的學園週刊啊？這簡直比八卦雜誌還八卦。

但是茶詠茵也沒想到所謂的神雪四大風雲人物，昨天光是一個下午自己就已經見到三個了，這算不算是「幸運」呢？

還是說，這「幸運」其實是某種災難的預兆？

「喂喂，妳到底有沒有在聽我說話呀？」小綾留意到茶詠茵似乎沒在專心聽自己說話，好像在思索什麼其他事情似的。她不滿的說：「虧我還好心的想讓妳多瞭解一點神雪學園，算了。」

合起那本厚厚的學園週刊，小綾假裝生氣的轉過頭去。

「哎哎……別生氣嘛，是我不好啦，我向妳道歉還不行嗎？」茶詠茵雙手合十，做出誠意十足的樣子。

「好吧，如果妳肯在中午請我吃一份學園餐廳的A套餐，我就原諒妳好了。」小綾偷笑的這樣要求。

「啊？我可是轉校生耶，居然要求我請客……」茶詠茵嘟著嘴巴，按照神雪學園這麼高級的學府，即使是學園餐廳的套餐也肯定不會便宜。

「哎呀，妳不是剛找到S區的打工機會嘛，錢也肯定不會少賺的！」對於S區打工的報酬不菲，小綾可是胸有成竹，她說：「要不我請妳吃午飯，妳把這份超好的打工機會讓給我好啦！」

當然，這是不可能實現的事情。

茶詠茵倒不是那麼小氣的人，另一方面她對自己剛一入學就能交到像小綾這樣親切的朋友也是相當的高興，於是兩人在中午的時候相約去了學園餐廳吃飯。

正如茶詠茵所預想的一樣，神雪學園的學園餐廳裝潢得氣派非常，光是從外表看起來就已經像是星級的飯店一樣了。

而一份A套餐竟然要花掉快近百元……這也太太太太誇張了吧！茶詠茵在看到菜單時幾乎要哭了。她在這裡生存不下去，絕對生存不下去！以從老爸那裡討得的珍貴的幾百元生活費，根本不夠在這裡撐兩天的。

幸好她已經找到了一個有高回報的打工。不過話說回來，第一筆工錢要什麼時候才發放呢？要是把錢這樣花，真的會死得超級快。

但是既然已經說好了請小綾吃A套餐，她可不能反悔啊！

茶詠茵心痛的付了錢，領了號碼牌再去找小綾預先占好的位置。

「咦？怎麼單子上只寫了A套餐啊？那詠茵妳吃什麼？」小綾奇怪的問。

「呃……我，我吃麵包就好了。」茶詠茵不敢告訴小綾真相。而真相是她光是要履行請朋友吃飯這一行為，就已經花掉了她身上一半的財產。

「啊？光是吃麵包那怎麼夠？」小綾把茶詠茵從上看到下，「妳已經夠標準的了，不需要再減肥啦！」

「不是這個原因。」茶詠茵苦笑著說。

「那是為什麼？」小綾卻不肯放過似的繼續追問道。

「那個……我的生活費還沒到。」茶詠茵只好撒了個謊。事實上她這個月的生活費就只有這麼多了，根本不會再增加。

「那今天這一餐先由我來請吧。」小綾倒是大方，「神雪學園有記帳制度的，所以不必擔心。這一餐可以先轉記到我的帳單上。我都沒留意呢，妳昨天才剛開始打工，應該也沒這麼快拿得到薪水，要不妳發薪日再回請我好了。」

「咦？原來可以記帳？」茶詠茵現在才知道神雪學園有這麼好的一項服務。那豈不是等於可以預支使用錢了嗎？

原本她還在苦惱接下來的日子要怎麼節衣縮食才捱得過去，現在終於可以放下心頭大石了。不過，雖然可以記帳，但這裡賣的東西對她來說實在太貴了，還是明天開始自己動手做便當比較划算。

下定了決心的茶詠茵，打算今天放學之後走一趟超市，買好做今天晚飯和明天午餐的食材才行。

在和小綾一邊聊天、一邊吃飯，茶詠茵又順便瞭解了更多神雪學園的八卦。她吃著後來追加的湯麵，聽著小綾繪聲繪色的形容，兩人悠閒的度過了共進午餐的學園時光。吃飽了之後，兩人閒逛到學園的廣場邊上。

「哈嗚……吃飽了之後就開始有點犯睏了呢。」茶詠茵打了個哈欠。

小綾吃吃的笑說：「吃飽了就想睡覺，妳乾脆叫茶小豬算了。」

「還是先回宿舍吧。」茶詠茵這樣決定。

「那麼就一起回去吧。」小綾點頭，和茶詠茵掉頭朝宿舍樓走去。

◆※◆※◆※◆

神雪學園的宿舍樓和教學樓相距不算遠，只要繞過兩條散步道就差不多到了。回到宿舍樓的大門前時，茶詠茵和小綾都發現了門口有很多女生圍在一起，嘰嘰喳喳的不知道在討論著什麼。

「今天怎麼這麼熱鬧？」茶詠茵困惑的問道：「難道是宿舍在舉辦什麼活動嗎？」

「真奇怪，到底發生了什麼事？」小綾也完全沒有頭緒。她拉起茶詠茵說：「我們過去看看就知道了。」

女生宿舍和男生宿舍是分開的大樓，而在各自的大樓一樓處，都是一個超級大的待客大廳，所有來訪的客人可以在大廳裡登記或等候要找的人。此時，那個平時可容納數百人的大廳幾乎被塞得水洩不通了。

想要回宿舍房間的話，就必須要穿過大廳才能上樓，茶詠茵和小綾作為最外圍的觀眾，非常艱辛的往裡頭擠進。兩人以極緩慢的速度前進著，而先前早已占到位置圍觀的幾乎都是同住在神雪學園女生宿舍的學生們，就算不想偷聽，在這過分「親密」的距離之下，女學生們的細語也不難傳到新來的兩位耳中。

「真奇怪，為什麼那位大人會出現在這裡？」

「這裡可是B區的女生宿舍啊……難道他是過來找什麼人？」

「不太可能吧！對方可是S區的名人啊！」

「真的好想知道他在等誰哦！急死人了！不是已經過了快半小時了嗎？居然敢讓這麼尊貴的大人為她等待，她以為自己是誰啊？」

「就是就是！要是知道這該死的幸運傢伙是誰，真要好好的給她上上課！」

窸窸窣窣的聲音不停的在大廳裡響起，茶詠茵聽著大家的憤言憤語，心裡突然升起一個可怕的念頭：應該不會吧……應該不會吧？以一般情況來說，那個人應該不至於會做到這種地步才對吧？！

偷偷踮起腳尖，茶詠茵抱著「一定是自己想太多了」的想法朝最裡面那個群眾所圍繞的圓心看去，這一下的偷窺真讓她立即嚇破了膽——坐在那裡一副皺眉就要生氣發火的不是卿少朗又會是誰！

真是糟透了，他怎麼會出現在這種地方？茶詠茵幾乎可以肯定他是過來找自己的，但是為什麼他會來到女生宿舍？

突然，靈光閃過腦海……昨天分別的時候，他對她說了什麼？

「明天中午的午休時間，記得準時出現。」

……今天中午下課時完全把這回事忘得徹徹底底的她似乎犯下不可饒恕的大罪啊！

問題是那個「準時出現」是指什麼時候，他根本就沒說清楚啊！一邊替自己尋找藉口的茶詠茵發現，不論她怎麼推脫也無法找到合適的理由。

但即使是這樣，也不用親自過來吧！這傢伙到底有沒有常識？他以為自己是普通人嗎？光是卿少朗駕臨B區就已經足夠造成轟動了，現在他居然還那麼大模大樣的坐在女生宿舍的大廳裡！這都能登上學園週刊頭條好幾次了！

眼見女生們群情洶湧，茶詠茵心想，要是這個時候自己被他逮到的話，那就真的是山洪爆炸一發不可收拾了！無論如何也要先躲過這一劫才行，道歉什麼的……事後她一定會好好誠心的向他解釋的！但是現在！只有現在！她絕對絕對——不可以出現在他的面前！她還想繼續有命活在B區呢。

正打算潛在人潮中偷偷溜掉的茶詠茵，卻被一陣更洶湧的喧譁所掩蓋了，究其原因，正是因為卿少朗大少爺此刻突然有所行動，大家都不禁推搡了起來。而卿少朗單是這樣站起身來，那有著特別優勢的男性身高自然就把一眾女生都無障礙的一覽無遺了。

「茶詠茵！妳給我站住！」

卿少朗發音清晰，語調平穩，那震撼性的一聲呼叫足以讓在場所有人都聽得一清二楚。

茶詠茵像是瞬間石化的雕像在原地僵直不動。她如同遭遇世界末日一般想要逃避這個聲音，不過，雖然卿少朗的聲音聽起來平靜毫無起伏，但那底下暗藏怒氣的徵兆卻是清清楚楚傳達到她的腦中。

茶詠茵此時正背對著卿少朗的方向，在場數量龐大的女生們也開始積極尋找某個叫「茶詠茵」的可惡傢伙。茶詠茵在心中盤算著，要是自己這樣一口氣衝出宿舍門口的成功率到底有多少？

「竟然敢放我鴿子，妳真是好大的膽子啊！」卿少朗正一步一步朝茶詠茵的方向進逼。他的動作像是信號一樣，所有的女生視線都開始有目的性的統一起來，直接射向那個罪魁禍首的身上。

茶詠茵像生鏽的木偶，一節一節的轉動著自己的關節，好不容易才勇敢的面對眼前這個一臉怒氣的卿大少爺。她討好而諂媚的說：「這位先生……你是不是認錯人了？」

──拜託別承認！拜託裝作不認識我！拜託了！

詠茵在心裡祈求著。

──雖然我知道失約是我不對，不，這全部都是我不對！但是請放我一條生路啊……

「哦？妳還敢裝呀？」卿少朗卻一點也沒有讀懂茶詠茵臉上變幻的表情，或者說他就算讀懂了，也不會輕易配合她可笑的妄想吧。

他從人群中一把將這個居然敢爽他約的可惡女生強扯了出來，讓她瞬間暴露在眾目睽睽之下。

這一次再也救不了了。茶詠茵抽動著嘴角，不得已的自暴自棄心情占據了大腦，她視線瞟到左下方，乾脆不看向這個在生著自己氣的卿大少爺。

「為什麼妳沒有過來找我？昨天不是已經把鑰匙給妳了嗎？」卿少朗居高臨下問道。

他本來就長得高，加上茶詠茵因為做錯了事情而自動縮小了一號，那模樣就像極了老師逮到不交功課的小學生一樣。

「我……我……不認得路。」索性豁出去的茶詠茵抬起頭來，亂編了個理由。

「這個理由我不接受，換一個！」卿少朗冷冷的就把茶詠茵的謊言戳穿。

「我……我不舒服。」茶詠茵只好換了個理由。
「再換！」卿少朗仍然不接受。
「我……突然有急事。」茶詠茵再度側了側頭，試探性的說道。
「妳堅決不說實話是不是？」卿少朗的語氣開始變得有點危險起來。
「我……忘記了。」茶詠茵低下了頭。
「哼。我就知道，妳這個不長記性的笨蛋。」卿少朗似乎可以看穿她的心思。
茶詠茵則在心裡默默的嘀咕：看來在這傢伙面前撒謊得有更高層次的修煉才行啊！
「既然說好是情侶關係，至少要有身為我女朋友的自覺！妳這次的表現讓我很生氣。」
卿少朗的發言無疑又掀起了一場強烈的風暴！就在他把茶詠茵拉了過去、兩人離開了宿舍大門後，身後爆發的討論和不可置信的尖叫聲都源源不絕環繞在神雪學園B區女生宿舍的上空。
「剛才卿少朗少爺說的是什麼意思？他和那個女生是情侶關係？不是吧？！」
「那個女生到底是誰啊？之前完全沒見過她啊！」
「卿少爺的女朋友不是艾莉娜小姐嗎？到底發生了什麼事情？」
「我不相信！我不相信！這種事怎麼可能發生？卿少爺的女朋友是B區的學生？這怎麼可能是真的啊！」
「那艾莉娜小姐怎麼辦呢？難道說她還被蒙在鼓裡嗎？」

「大新聞啊！大新聞啊！這可是神雪學園近來最大的新聞啊！」

的確是爆炸性的大新聞，尤其卿少朗還用如此張揚的方式把它散播開來，估計不出一小時，整個神雪學園都會知道他大少爺已經不再是艾莉娜小姐的專屬，而是茶詠茵的現任男朋友了。

而茶詠茵只不過是B區的一名普通學生，這一更具爭議性的焦點將會為接下來的傳播添加上更傳奇的色彩。

◆※◆※◆※◆

「你是想要我死在B區嗎？」茶詠茵一臉苦瓜相，她知道忘記了約定的自己是有不對的地方，但是卿少朗用得著做到這種程度嗎？

「妳是我女朋友這件事遲早也是會曝光的，我不認為早或晚有什麼不同，相反的，我認為妳應該儘早適應這一個身分才是。」卿少朗卻不認為自己幹了件什麼不得了的事情。

「你倒是說得輕鬆。」茶詠茵一想到晚上要回宿舍就相當鬱悶。尤其剛才卿少朗把她拉離宿舍的時候，她在經過門口的那一瞬間看到小綾那完全呆呆的瞪視著自己的眼睛……

「給妳這個。」卿少朗把一個看起來像是漂亮的紅色小絨盒子遞給茶詠茵。

茶詠茵接過小盒子，打開一看，裡面居然躺著一枚閃閃發光的胸針。

「這是鑽石嗎？」茶詠茵把胸針從盒子裡拿了出來，用拇指和食指小心拿著它放到陽光下細看。她疑惑的轉頭問卿少朗：「為什麼給我這種東西？定情信物？」

「這是S區通行證。戴著它，妳就可以在S區所有的地方活動。我本來以為今天妳沒有按時出現是因為沒有這枚徽章，誰知道妳居然只是單純忘記了！」卿少朗終於說出了他會出現在女生宿舍的原因。

「是這樣嗎？」茶詠茵把這枚精緻的胸針反覆的觀看，又想到什麼似的說：「如果沒有它就不能在S區活動的話，為什麼昨天我那麼容易就能混進去了？」

「因為昨天是『開放日』。凡是S區有打工招募的時候，都會短暫開放，妳只是碰上了那個時間點而已。」卿少朗說。

「哇！通行證是鑽石，是鑽石，是鑽石……」茶詠茵的眼睛亮閃閃的。

「契約解除的時候要交回來的。妳要是把它弄丟了的話，哈！」卿少朗不禁哈了一聲。

「最後那一聲不懷好意的笑是什麼意思？」茶詠茵的臉沉下來。

「連違約金都付不起的妳要是丟了鑽石，估計得賣身來還才行了。」卿少朗說。

「這麼危險的東西不要隨便交給別人！」茶詠茵立即把鑽石塞回那個盒子裡，推還給卿少朗。

「妳這麼緊張幹嘛啊，只要不弄丟不就行了？」

「我沒有保管這麼貴重的東西的自信！」

「妳的意思是要本少爺每天都親自過去接妳嗎？妳的架子也未免太大了吧。」卿少朗環抱起雙手，瞇著眼睛盯著茶詠茵看。

「……」茶詠茵伸出去的手開始變得不那麼堅定了。

「還有，下次再放我鴿子，看我怎麼收拾妳！妳這個沒有契約精神的傢伙！」卿少朗轉身朝前走去。

無語的茶詠茵只好默默把鑽石徽章別在了胸前，再默默跟上前面那個優雅的暴君。

剩下沒多少的午休時間，茶詠茵坐在S區卿大少爺的私人休息室裡，被逼著閱讀那一大堆放在桌子上面的書。

「這都是些什麼書啊……」茶詠茵伸出手，亂翻了幾本，「啊？《教妳如何做個一百分女人》、《迷惑人心的必殺絕技》、《言談藝術入門》、《十招內瞭解你的敵人》……這什麼《迅速減肥》、《插花大全》、《品茶生活》、《棋藝》和……《食譜》？！」

「一天之內能看完嗎？」卿少朗問。

「看得完……才有鬼！」茶詠茵直接把那一堆書摔在元凶的面前。

「這樣啊，我也知道妳頭腦不好，那就兩天吧，不能再多了。」卿少朗沉吟道。

「這裡的書一個月也看不完！」

「一個月啊，真久。到時孩子都生出來了吧。」

「哪個種族的人類會在一個月裡生出孩子啊！哪個種族？！」

「妳這麼激動幹嘛？耐性這麼差，扣十分。順便告訴妳，一分值十元哦。」

「喂……」茶詠茵的氣勢馬上弱了下來。

「我這都是為妳好，妳看看妳自己這樣子，別說超越艾莉娜了，妳連她千分之一的水準也達不到。」

「拜託別拿女神來跟常人相比好不好？」

「女神？妳也未免把敵人抬得太高了吧。」

「她不是你的前女友嗎？就算被甩了也該拿出點風度來，艾莉娜小姐的確很優秀啊。」茶詠茵嘆著氣。

「所以，妳要變得比她更優秀。」

「這是不可能的任務。」

「她也不過是比妳漂亮、比妳溫柔、比妳有氣質、比妳大度、比妳有智慧、比妳得體、比妳見多識廣了一點而已，其他方面她也沒有什麼值得拿來說的。」卿少朗安慰道。

「這還不夠嗎……你的要求也太高了吧！還有，怎麼我越被安慰，反而越是覺得自己很可憐？」茶詠茵鬱悶不已。

「妳至少有一樣東西是她所不能及的。」卿少朗說。

「有嗎？是什麼？」茶詠茵好奇了。

「妳是卿少朗的女朋友。」卿少朗大言不慚的告訴她。

「……」茶詠茵絕望了。原本還抱著「或許自己也有某個優點是獨一無二」的想法，也在卿少朗那不要臉的宣告中徹底破滅。

這時，午休時間結束，茶詠茵在打算回B區之前，卿少朗還不忘提醒她：「放學了記得立即過來這邊。我現在跟妳說清楚，基本上除了上課時間或學園的固定活動以外，妳所有的時間都歸我支配，這次可別再『忘記』了。」

「知道了、知道了，真煩。」茶詠茵隨便在那堆書裡抽籤似的拿了兩本書就要走人。

「妳說什麼？居然嫌我煩？」卿少朗對茶詠茵敢公然挑戰他的權威而感到興味。

「你不知道嗎？這是『熱戀男女』中最流行的臺詞呀！我嫌你煩絕對是因為我愛你，拜拜！」說完，不等卿大少爺有所反應，茶詠茵一溜煙的就落跑了。

散步道上的劇作家

下午的課有兩堂是自習。

茶詠茵拿出作業，打算要好好利用這時間趕緊做完，放學之後的時間早就已經全部賣給卿大少爺了，所以作業和課後練習什麼的都得在幾分鐘的下課時間和珍貴的自習課裡做完。

就在茶詠茵拚命在本子上奮筆疾書的時候，小綾班長那幽怨如惡靈的聲音突然在旁邊響了起來——

「茶詠茵同學，請務必解釋一下中午的事情！」

茶詠茵心虛的繼續低頭寫字，含糊的說：「對不起……我很忙！」

「妳不說清楚別想活著離開這裡。」

身後不知何時已經圍起了一團黑霧。

就算想繼續裝傻，她也不得不面對眼前第一波恐怖襲擊的來臨——中午卿少朗埋下的地雷，終於要被引爆了。

她身後的黑霧是由本班女生團所組成，以小綾班長為首。茶詠茵緩緩的抬起頭來，明明早上還會親切的對自己微笑、解說著神雪學園風雲人物的小綾，現在卻是一臉冷若冰霜。她再稍稍看了看身後女生團的規模，心裡悲壯的預想著自己馬上也會成為神雪學園的風雲人物了——作為第一個剛轉學就因寡不敵眾而殉軀的烈士什麼的。

「一定是假的吧？茶詠茵。」

「當然是假的啊！卿少爺又不是傻子，怎麼可能會看上她，這裡面肯定有什麼內情！」

女生們起著鬨，都要求茶詠茵立即為中午的不可思議事情做個清楚的說明。

「詠茵，妳明明才剛剛轉學過來，不論怎麼想，這種進展也有點不合常理。我作為卿少朗少爺後援會會長，現在要求妳給我們一個解釋。」小綾作為女生團體的首腦，她站在茶詠茵的桌子最前面。

——雖然我也很想告訴大家這只是一個誤會……但是契約裡有保密條款，要是說了就等於違約，現在已經快身無分文的自己是怎麼也冒不起這個險了。而且中午的時候，卿少朗的確說過「妳是我女朋友這件事遲早也會曝光」的話……

——反正遲早會演變到現在的這種狀況，現在只不過是把本來就要面對的戰爭提早拉開序幕罷了……

到了這個時候，茶詠茵也不得不硬著頭皮「演」下去了。

她一言不發的自座位中站了起來，面向著所有對自己發出質疑的女生們說：「我沒有什麼可以解釋的。事實就像大家所看到的一樣。希望大家能理智一點接受這個現實，我並不希望因此而發生什麼校園惡性事件。」

「真是好大的口氣！」小綾還沒出聲，圍繞在茶詠茵身側的女生們就先鼓噪起來：「妳不過是一個剛轉學過來的傢伙而已！憑什麼一下子就得到少朗大人的注意？如果不是妳使了什麼奇怪的手段，怎麼可能會發生這麼詭異的事情？打死我也不相信少朗大人會對妳這種人一見鍾情！」

「就是！蓓蓓說得沒錯！妳一定是用了什麼不可告人的手段！快點招供吧！」

「這個女人真是不得了，看妳樣子普普通通的，還以為妳是個安分的人呢，沒想到轉頭就去做那見不得光的事，快說！妳到底對少朗大人做了什麼？！」

女生們你一言我一語的指責著茶詠茵，就算她想解釋什麼，她的聲音也完全無法蓋過眼前眾多的女孩們。完全無法招架的茶詠茵唯一可以做的就是重重的把書拍在桌面上，並大叫了一聲——

「妳們給我閉嘴！」

這一招果然奏效，剛才還一直吵鬧著要討伐她的女生們果然都變得鴉雀無聲了。

「妳們接受也好、不接受也好，我是卿少朗的現任女友這件事是不會改變的。妳們要是不甘心的話就直接來挑戰我好了，但我只接受一對一的挑戰，任何時候都歡迎妳的駕臨！」

女生們都面面相覷。當然了，大部分女生雖然對於茶詠茵獨占了她們偶像的事情都心存不忿，但如果說到要個人來挑戰的話，她們還是沒有那種勇氣的……畢竟從茶詠茵身上所散發出來的那股氣勢就不是常人所有。

「還有——」茶詠茵見場面終於被控制住，她環視了眾女生的臉，再緩緩的說道：「我現在根本就沒有時間理妳們，對我來說我的對手只有艾莉娜小姐，如果妳們自認比艾莉娜小姐還厲害，就站出來！」

女生們都不禁咬了咬嘴脣，艾莉娜是神雪學園至高無上的一個標誌，一個難以超越的標誌——誰也不敢拿自己來與神雪學園的女神相比！更別說比她更厲害什麼的了！光是想想就已經是大不敬，這種自知之明大家還是有的……

當然，除了某個大聲說自己的對手只有艾莉娜小姐的無恥之徒除外。

「妳別想拿艾莉娜小姐來壓我們。」

小綾這時也不得不開口了。她對茶詠茵說：「我是不知道妳哪來的自信，我們又不是瞎了，妳還想跟艾莉娜小姐比？而且，我們現在討論的問題是妳和卿少朗大人的事，妳別想輕易轉移話題。」

「好，那我就不轉移話題，我也懶得拐彎抹角跟妳打啞謎。妳說妳要和我討論的問題是我和卿少朗的事，但事實是不論我說什麼妳也肯定不會相信，既然如此，妳何不親口去質問一下妳們尊貴無比的卿少朗少爺本人？」茶詠茵也不甘示弱的對上了小綾的視線。

小綾一時語塞，光是看到卿少朗本人都足以讓她暈個兩、三小時了，她怎麼可能做得出當面質問卿大少爺這種事情！這個茶詠茵真夠狠的，居然直接把問題扔到了一個無法解決的死角去。

「怎麼？不敢嗎？」

茶詠茵再度看了看在場的所有女生，她說：「妳們也就是這樣了，對自己喜歡的人就只會空口喊著『喜歡』、『仰慕』什麼的，妳們有為自己的這份心意做出過什麼努力嗎？有什麼實質的行動嗎？妳們就只會在背後搞什麼後援會，這有什麼用？妳們這些膽小鬼，妳們就連去跟他本人告白都不敢吧！這樣的妳們有什麼資格批判我？」

大家都默然不語。沒有人能反駁得了茶詠茵的話。

「別裝得好像很團結。喜歡一個人沒有錯，但把他神化到自己都企及不了的高度再陷入自我滿足的臆想，妳們不覺得可笑嗎？妳們還有沒有身為戀愛少女的自覺？！」

「妳們這樣真是太難看了。如果妳們安於現在這樣的虛假平衡，那只會讓戀愛之神也拋棄妳們！我就清楚的告訴妳們——妳們所愛的卿大少爺也只不過是個人！和妳我一樣都是會說會笑會哭會生氣會鬧彆扭的人類而已，如果真的那麼不甘心他被搶走的話，就行動啊！」

茶詠茵站在女生們的正中間，像在宣揚著什麼革命理念的義勇軍一樣煽動著大家。

「不甘心他被搶走的話，就把他搶過來變成自己的！我茶詠茵絕對歡迎。只要妳有本事就來搶吧！告訴妳們，現在妳們的對手已經不再是高高在上的艾莉娜小姐，而是我——區區一名B區學生而已，怎麼看這難度都降低了不止一個臺階吧？妳們不是應該覺得高興嗎？妳們成功的機會可是增加了百分之兩百甚至三百！」

原本圍攻茶詠茵的女生們都意外於她的豪邁發言。鼓勵別人來搶自己的男朋友……這怎麼看也太過另類了，要說她是過分自信好呢，還是她本來就是個笨蛋？

當然，對茶詠茵來說，這是最好不過的事情了，要是那個脾氣古怪的卿大少爺萬一真的從這堆女生裡頭找到了真愛，那麼自己的任務也算是順利完成吧？不但可以名正言順拿到這段時間的薪水，也不用再被威脅著要支付什麼違約金，真是皆大歡喜。

「這聽起來好像的確是可行的呢……」某個女生已經開始轉動念頭。

「以前艾莉娜小姐在的話，的確是沒什麼可能辦得到，但如果對手只是茶詠茵的話……既然她也行，為什麼我們不行？」

「沒錯沒錯，少朗大人既然能喜歡上這種貨色，我們這裡比她漂亮的多的是啊！」

「真的假的？這麼說起來，我也有機會嗎？」

「哇啊啊啊啊！我不敢相信會有這種好事！」

大家熱烈的討論起來，剛才還萬眾一心要討伐茶詠茵，現在卻有點把她當成大恩人——那是因為她們的偶像與她們相距的高度前所未有的接近地平線，那簡直是比日蝕還難出現的非自然景觀。

茶詠茵趁著大家已經陷入了另一種混亂狀態之中時，迅速收拾好書包逃離現場，雖然蹺課是不好的行為，但此時的自己已經不可以再做出更好的選擇了。

——卿少朗同學，利用了你的名聲真是對不起啦！不過，搞成現在這種局面，你也有不可推卸的責任！

茶詠茵一邊祈禱著、一邊飛跑在走廊上——她不得不飛跑，因為遠遠的，她已經看到一年級所有的女生都開始朝這個方向追上來了。

她可沒有時間與精力再一次上演剛才在班裡的豪情壯志，這種事一次都嫌太多。

當茶詠茵氣喘吁吁的躲在S區某個角落裡拍著胸口時，她終於成功擺脫了緊跟在身後那氣勢龐大的追兵。

難道以後都要活在這樣激烈的校園生活中嗎？茶詠茵不禁覺得這打工的後遺症未免太多了一些，她恨恨的嘀咕道：「得考慮要求卿大少爺漲工資才行！」

雖然說卿大少爺的光環太過耀眼，但難道平民的名譽就不值錢嗎？現在全校都知道了她就是卿少朗的女朋友，以後還有誰敢來追求她啊？完全與戀情絕緣的悲慘校園生活在等著她呢！

◆※◆※◆※◆

可能是因為時間還太早，茶詠茵用鑰匙打開卿少朗休息室的時候，裡面空無一人。在房裡逛了一圈，完全無事可做的茶詠茵從裙子的口袋裡掏出了那張黑色會員卡。

「那裡有好吃的蛋糕……還有好喝的紅茶喔……」光是想想就忍不住要吞口水了，茶詠茵並未有太多的思想掙扎就決定了。

——只要有了這張卡，吃多少都有人付錢，就當是老闆給員工的慰勞吧！

她對這張黑色會員卡的好感絕對大於胸前別著的那枚鑽石徽章。

憑著記憶，茶詠茵經過一段步行後就成功找到那間叫「寶石廊」的高級茶座會所了。

「歡迎光臨。」門外的西裝侍者在看了茶詠茵的會員卡後，毫不遲疑為她打開了大門。

在專人的帶領下，茶詠茵穿過長長的一段迴廊。

「我想坐靠窗的位置。」她向侍者要求。於是侍者便把她引向了她要求的座位。

「請問想要點什麼？」侍者彎腰等候在一旁問道。

「呃……」茶詠茵左看右看，桌子上面沒有菜單，她只好說：「平時卿少朗來吃什麼，我也來個一樣的就好。」

「明白了。請稍候。」侍者轉身離去了。

這裡的風景真的好美啊！茶詠茵托著頭，愜意的望向窗外。園林式的林中庭院茶座，四面都由通透的玻璃所圍繞，光線相當良好，而且視野也完全不受阻礙，真的有種躲到了世外桃源的感覺。

過了一會兒，侍者就端上了茶詠茵要求的茶點。

說是茶點其實也不太對，因為侍者端上來的，只有簡單的一杯紅茶而已。

「請慢用。」侍者把茶放在了桌面上。

「就……只有茶？」茶詠茵看著那孤零零的一個杯子，不太確定的問侍者：「卿少朗平時就只喝茶嗎？」

「是的，小姐。」侍者的表情告訴她，卿少朗的下午茶真的只是下午「茶」而已。

「多吃個蛋糕會死哦？真小氣！」茶詠茵不禁嘟起嘴來，不滿的低語道：「真是的，無趣的傢伙！再不然給我來個霜淇淋什麼的也行啊……」

侍者已經離去，錯過了可以補點一個蛋糕的時機了，茶詠茵遺憾的想著。她只好拿起茶杯，聞了聞杯子裡的紅茶。

淡淡的紅茶香味彷彿有種寧神的效果，淺淺的熱氣蒸在了臉上有種異常的舒適感，好像擁有能令人放鬆的魔力一般。

「好香呢……」茶詠茵不禁感嘆著，把茶杯移至嘴邊輕輕的嚐了一口。

淳厚的紅茶味道占據了她的味覺神經，明明跟上一次自己喝的紅茶是一樣的東西，但沒有了蛋糕的陪襯之下，這茶居然也毫不遜色。

或許正是因為沒有其他食物的干擾，這簡簡單單的紅茶反倒越發顯得獨特起來。老實說，以前她還從沒試過這麼認真的去品嘗一杯紅茶原有的滋味——原來竟是這般的美妙！

終於有點能理解那傢伙對紅茶的執著了。茶詠茵在心裡默默想著。

距離茶詠茵所在的位置不遠處，有一桌的客人是三位漂亮的女生。她們所組成的小圈子非常亮眼，彷彿是個閃光的堡壘一般。茶詠茵留意到坐在中間的正是那個大家都稱之為第一女神的艾莉娜小姐。

——沒想到竟然可以這麼近距離的看到本尊呢，真是太幸運了！

茶詠茵控制不住自己時不時瞟過去的視線。

正好艾莉娜的視線也朝這邊望了過來，不期然的就與茶詠茵對了個正著。

艾莉娜小姐並不認識她，茶詠茵本以為對方會直接無視這樣一個偷窺她的女生，但沒料到艾莉娜不但沒有移開視線，還禮貌的朝她所在的方向微微點了點頭致意。

這不是在做夢吧？茶詠茵有點受寵若驚，神雪學園的女神在跟自己打招呼，光是這個簡單的動作，都足以讓自己拿去炫耀一番的了。

沒想到對方真的如傳聞中所說的一樣，是個溫柔而沒有架子的女神啊……怪不得大家都那麼愛戴她。

正當茶詠茵還在低頭喝著那杯紅茶的時候，身邊不知道什麼時候多了一道黑影。而當茶詠茵抬起頭看清楚來的人是誰之後，她差點沒被嘴裡的茶嗆死。

「我可以坐這裡嗎？」艾莉娜本人就連聲音也是輕微而親切的。

「當、當然可以！」茶詠茵連忙站了起來。

艾莉娜在茶詠茵的對面款款坐下。茶詠茵再次看向遠方的那張桌子，之前與艾莉娜一起的另外兩位女生不見了，看來她們已經先行離開了茶座。

「妳就是茶詠茵？」艾莉娜微笑著問茶詠茵。

「是的，為什麼妳會知道我的名字？」茶詠茵疑惑的問。

「呵呵……」艾莉娜低聲笑了出來。

她即使在笑的時候也那麼的有風情，茶詠茵不禁看得有點呆了。

「妳就是少朗現在的女朋友吧。」艾莉娜毫不掩藏的把自己所知道的說了出來。

原來是因為這個原因而認識自己啊……茶詠茵的臉一下子就紅了起來。現任女友與前任女友ＰＫ，怎麼看自己都被甩出千里之外。

「妳不要緊張。我只是想和妳交個朋友。」艾莉娜伸出手來，輕輕按在了茶詠茵放在桌面上的手，她說：「如果我的冒失讓妳不高興，先請原諒我好嗎？」

「不不不不不是的！我沒有不高興，真的！」茶詠茵連忙擺了擺手，神雪學園的女神說要和她交朋友？怎麼聽都覺得這個要求有點過分夢幻，這不是自己在做夢吧？

她偷偷掐了掐自己的大腿——明明很痛啊，那為什麼自己會遇到這麼詭異的發展？

「詠茵小姐現在也是在等人嗎？」艾莉娜微笑的問。

「呃……是的。」我在等的可是我的老闆呢。茶詠茵心裡默唸道。

「妳要等的人是少朗吧。」艾莉娜說。

侍者把新的茶送了上來，艾莉娜小姐優雅的端起茶杯，喝了一口。

「嗯。」不知道如何回答的茶詠茵，只好模糊的應了一聲。一個是前任女友，一個是現任女友，兩人坐在這裡等同一個男人，這合適嗎？

「在妳的眼中，少朗是個怎麼樣的人呢？」艾莉娜這樣問著茶詠茵。

「怎麼樣的人……嗎？」她也很難評斷他到底是個什麼樣的人，他很帥但也很任性，對感情彷彿很執著，但又感覺在某些方面很隨便？反正綜合起來就是個……怪人吧。

「我不知道怎麼說才好。」茶詠茵坦白的回答。如果她真的是卿少朗女朋友也就算了，但其實她只是他雇來的一個演員，到底自己該站在什麼樣的立場來評論自己的老闆才好？她實在拿不準。

「少朗他啊，有的時候真的就像個小孩子一樣。」艾莉娜嘆了一口氣。

茶詠茵認真的在聽著。

「他總是有著很多浪漫的幻想，不願意接受現實。」艾莉娜笑著說，那淡淡的笑容裡有著深深的無奈，「雖說保有童真也沒有什麼不好，但人不是應該得成熟起來才對嗎？但是，他的心卻好像永遠也長不大。」

茶詠茵低著頭，這時她也不知道可以接什麼話。目前的情況算什麼呢？她不是很懂。是前女友對前男友的控訴嗎——在現任女友的面前？

「少朗很討厭別人對他說教。他的行為也常常出其不意，讓人想不透他在想什麼。」艾莉娜臉上有種遺憾的神色，「有一天，我再也受不了了，所以我就跟他說，我們還是分開一陣子比較好。」

茶詠茵抬起頭來，正好看到艾莉娜深深注視著自己的眼睛，裡面好像有著太多的資訊，她無法解讀。

「沒想到他想也沒想就說『好』。」艾莉娜自嘲的笑著說：「說出來妳可能不相信，當時被嚇一跳的人可是我呢。」

茶詠茵有點意外，這跟她之前所認知的並不一樣。在她的想法裡，卿少朗是被艾莉娜甩掉的，當然艾莉娜也證實了這一點。但是，如果卿少朗表現的態度是這麼乾脆的話，那麼他到底是在生氣什麼呢？他甚至氣到要報復對方的這個行為又要如何解釋？這怎麼也讓人想不通啊！

「然後……」艾莉娜停頓了一下，接著說：「他就立即公布自己有了新的女朋友，也就是妳了，詠茵小姐。」

呃？！茶詠茵張著嘴，艾莉娜這樣說是什麼意思？她是在責怪自己嗎？

「我只是沒想到，會這麼快……」艾莉娜咬了咬嘴唇，她再次看向茶詠茵的時候，彷彿下了很大的決心似的問：「請問詠茵小姐，妳是什麼時候開始和少朗交往的？」

——喂喂，我說這位大小姐，妳該不會以為是卿少朗一腳踏兩船，因為有了新歡才拋棄舊愛吧？

茶詠茵捂著頭痛的前額，這叫她怎麼解釋？難道要說自己其實只是在艾莉娜小姐甩掉了卿大少爺之後，他才急急忙忙應徵來的冒牌貨嗎？

「我是在艾莉娜小姐和卿少朗大人分手之後，才和他交往的。」茶詠茵只好、也只能這麼說了。

「是這樣嗎……」艾莉娜點了點頭，說：「謝謝妳告訴我，這件事一直困擾著我。」

其實妳還愛著他吧？茶詠茵很想這樣問，但又沒有立場這樣問。

「今天謝謝妳了。」艾莉娜不愧是神雪學園的女神，只不過是一瞬間，她就一掃之前的陰沉心境而恢復了陽光普照的笑臉，「很高興能認識妳。雖然我只在昨天見過妳一次，但從少朗的表情來看，他真的相當中意妳呢。我很少見到他和另一個女生相處得這麼自然。」

「啊……是嗎……」茶詠茵打著哈哈，那不過是上司對下屬的相處而已，對他來說當然沒有壓力了，但這層關係是不能公開的秘密。

不知怎的，茶詠茵總覺得自己有點對不起艾莉娜小姐。

「那我就不打擾妳了。」艾莉娜站起來，再度優雅的向茶詠茵致了一個告別禮後，便翩然離去了。

後來在茶座又待了一會兒的茶詠茵，看時間也差不多了，決定離開。

◆※◆※◆※◆

一路上，茶詠茵回想著艾莉娜跟自己說的話，她有點猶豫該不該告訴卿少朗，他這個大笨蛋其實根本沒有「失戀」？

如果卿少朗知道艾莉娜其實還愛著自己的話，他會有什麼反應呢？

茶詠茵在散步道一旁的椅子上坐了下來，陷入了沉思中。

如果卿大少爺和艾莉娜小姐復合的話，那就沒自己什麼事了，當然打工也會立即停止。那麼自己就必須找到下一個打工才行，但是要去哪裡才能找到待遇這麼好的打工啊？

「唉唉，真是好不想放棄啊～～～～」茶詠茵可惜的捧著頭朝天大叫著。

一張紙不知從哪裡飄了過來，被風輕輕托了一圈，緩慢的落在茶詠茵的腳下。

「這是什麼東西？該不會是老天聽到了我的呼喊而降下神喻吧？」茶詠茵撿起紙，看著上面寫的一堆文字，不曉得是幹嘛用的。

那張紙上寫著的是一大段文字，看起來像是某本小說中間掉落的插頁，雖然有點沒頭沒尾的，但也不難看出這故事是一部關於愛情的小說。

「你就如照耀在黑暗海面上的燈塔，點亮我生命的前路……這是什麼臺詞？舊世紀的文藝片嗎？」茶詠茵不禁對著紙上寫的句子吐槽。

多看了幾行才知道，這其實也不算是小說，因為上面根本沒有描述的句子，而是單純的羅列著一些場景和對白。與其說是小說，不如說它更像是劇本。

一時興致來了的茶詠茵假裝自己就是裡面的女主角，站在散步道中，擺出一副正與心愛之人決絕離別的模樣。

「請別再這樣說了，羅恩大人，你的心意我絕不能接受。你要知道，我已經是行將朽木之人，已不容於世上，我不想讓你難過。但是，你還有無限的青春可以尋找真愛。」

「什麼呀，原來我病得不行，快要死了嗎？」茶詠茵一邊加以私人的評論，一邊迅速移位，站到另一邊，繼續扮演深情的男主角。

「愛絲，我的愛絲，除了妳，我誰也不愛，就是因為妳的存在，我的生命才有意義！妳就如照耀在黑暗海面上的燈塔，點亮我生命的前路，請妳回來吧！請妳回到我的身邊吧！」

「按這發展，接下來是要私奔還是要殉情？」茶詠茵掩著嘴嘿嘿笑了兩聲，繼續看下面的臺詞。

她再度換上女主角的心情，正打算再玩下去的時候，一道不悅的聲音在她身後傳來──

「這劇本有這麼多的額外獨白嗎？」

茶詠茵沒料到自己的獨角戲遊戲會突然被人打斷，這不知從哪裡冒出來的「觀眾」暗沉著一張臉，背負著雙手走了過來。

「呃，對不起。」不知自己為何要道歉，茶詠茵只是覺得自己好像有什麼地方得罪了這個觀眾而不自知。

「這明明是悲劇，妳卻笑得這麼開心。」

那個語帶不滿的觀眾是個身材高䠷的帥氣男生，細長的眼睛裡閃爍著寒星，神雪學園的制服穿在他的身上就像是一件藝術品一般。

他站在茶詠茵的面前，足足比她高出一顆頭來，茶詠茵倍感壓迫的仰頭看著他，不知道該說些什麼。

「還給我。」他朝她伸出手。

茶詠茵順著對方的視線看向自己的手，馬上會意的把手上的那一張紙交還給對方。很顯然這張紙是他遺失的東西，茶詠茵看到他把紙夾回自己手中的一疊資料之中。

「我的劇本……有這麼好笑嗎？」他看著自己手中的那疊稿子，盡量不帶感情的這樣問著茶詠茵。

茶詠茵不禁吞了吞口水，很顯然她剛才惡作劇式的自我表演全部都讓這個人看到了，而且她亂加的私人評語也一字不漏被聽到了吧？看他的樣子……他該不會就是作者本人吧？

「呃……也不是啦。」茶詠茵尷尬的試圖解釋：「我只是覺得如此沉重的情話表達方式不太適合現代的愛情觀而已……當然這只是我個人的淺薄認知，我對舞臺藝術什麼的也不是很懂，冒犯了很對不起。」

「那麼現代式的情話又該是怎樣的呢？」他冷冷的問。

茶詠茵被對方咄咄逼人的態度弄得有點冒冷汗。她說：「那個……大概比你寫的那些臺詞更直白一些吧。」

「例如？」

「例如，現代的男生應該不太會對自己的女朋友說什麼『妳是我的燈塔』這種話。如果他真的愛她愛到這劇本所說的『她是他的生命』的話，那麼他更可能會說的是『妳離開我，我就死給妳看』之類的……」

他用看外星人的目光瞪視著茶詠茵，有點失笑的說：「果然是直白而粗暴的情話呢。」

「啊……終於笑了。」茶詠茵擦了擦額上的汗，既然會笑，就代表他原諒了剛才自己的失禮行為吧？

「妳真是個有趣的傢伙。」對方一反剛才冷冷的態度，換上一副笑臉說：「我還是第一次聽到這麼亂來的改編。」

「你是話劇社的嗎？」茶詠茵看到他手中有著不止一本的劇本。

「是的。剛才妳唸的那個是這週正打算上演的。我之前在這裡對劇本做些小修改，沒想到因為裝訂得太鬆，後來居然被風吹得到處都是，妳手上的那張是我遺失的最後一張。」

對方打量了一下茶詠茵，「我好像沒見過妳呢，妳哪個班的？」

「啊，你不認識我很正常，因為我不是S區的學生。」茶詠茵擺了擺手，「我是B區一年D班的。」

「B區的學生？」對方一眼就看到了茶詠茵胸前的鑽石徽章，他說：「妳該不會就是茶詠茵小姐吧？」

「咦？你認識我？」茶詠茵意外的抬起頭來，她不記得自己有出名到這種程度。

「作為B區的學生，卻擁有進入S區的鑽石徽章，只有一個可能，就是妳擁有S區的特別通行權，最近獲得這一特權的人，除了卿少朗的新女友還有誰呢？茶小姐。」

「真是好慎密的邏輯推理，你可以改寫偵探小說了。」茶詠茵假意的奉承道，然後裝作一臉恍然大悟的說：「啊，我還有事呢！先走一步。」

「妳也用不著逃得這麼快吧。」對方嘲笑道：「妳就這麼怕卿少朗嗎？」

他這結論是怎麼得出來的？茶詠茵不禁歪起一邊眉毛。

「我是真的有事。」她說。

「卿少朗的獨占欲很強的，如果他知道了自己的女朋友在這裡背叛他的話，不知道會有什麼感想？」他的唇邊閃過一絲惡作劇的微笑，忽然伸出手，一把將茶詠茵扯了過來。

而事先對這個男生的行動完全沒有防備的茶詠茵，就這樣失去了平衡倒進對方敞開的懷抱中，她的腦子裡只有一片混沌，頃刻之間只覺得臉上的光線在迅速暗下，還在猜測對方想要幹嘛的時候，嘴唇上明確的觸感卻清楚的告訴她——她被強吻了！

封印之吻

有一瞬間不知如何反應的茶詠茵，眼睛睜得大大的，完全在僵直狀態下的她嘴巴也是僵直的，直到這個吻結束的時候，她的表情還是僵直的。

「看妳的樣子這麼生硬，該不會是太爽了吧？」男生對茶詠茵的反應感到失笑。

「啪！」

清脆的一記耳光響在了男生的臉上。茶詠茵氣得緊咬著牙齒。

捂著被打的臉，男生完全一副不可置信的表情。

「我吻了妳妳還打我？妳這是什麼反應？」他直到現在還是對茶詠茵的行為感到不解。

「就是因為你吻了我我才打你！這是一個女生被非禮後的正常反應！」茶詠茵怒道。

「妳知道我是誰嗎？」他瞇了瞇眼睛，站直身體，「我可不是隨便就會吻女孩子的。」

「你這樣說的意思，是我被你吻了就該感恩戴德嗎？你會不會把自己看得太高了一點？霍蓮笙學長。」茶詠茵瞪著面前的男生，不屑的說道。

「妳……知道我？」霍蓮笙仍然捂著吃痛的一邊臉頰。

「從你亂吻女生被打了還一臉無辜的樣子就可以斷定，你是一個很少被女生拒絕的傢伙，你的這種天生自戀狂的偉大特質就跟我認識的『某人』如出一轍！而作為神雪學園風雲人物榜上有名的S區話劇社創辦人、行蹤飄忽的戲劇王子，除了你又還有誰呢？霍蓮笙！」

霍蓮笙不得不為茶詠茵鼓掌，他拍著手說：「真的是好慎密的邏輯推理，看來妳才該去寫偵探小說。」

「別學我說話！」茶詠茵對霍蓮笙拿自己之前的話來堵她感到惱羞成怒。

「我真好奇卿少朗看上妳的什麼？」霍蓮笙走近一步，再一次打量著茶詠茵。

「這個問題你是不是應該去問本人？或許你希望我幫你轉告？」茶詠茵反問。

「呵呵……」霍蓮笙輕咳了一聲說：「好吧，我承認妳的確有點特別。不過，妳為什麼選擇卿少朗？妳又看上了他的什麼呢？」

茶詠茵沒有回答。她並沒有看上卿少朗，但按照契約的保密條款她什麼也不能說明。

「外表？錢？抑或是S區的特權？這一切，並不止他擁有。」霍蓮笙繞著她踱著步子。

「你到底想說什麼？」茶詠茵乾脆直接問道。

「我是說——」

霍蓮笙微彎著腰，朝茶詠茵無比的靠近，他的氣息充滿誘惑的氣息，彷彿魔鬼在引誘著純潔的天使墮落。

「他能給妳的一切，我同樣可以給妳。妳的選擇並不是唯一的。」

「真是直白而粗暴的情話呢。」茶詠茵嘲諷道，轉過頭去看著霍蓮笙那張完全不比卿少朗遜色的漂亮臉孔，「你學得還真快。」

被嘲笑了的霍蓮笙颯地挺直身體，與茶詠茵保持了正常的距離。過了好一會兒，他才恨恨的問：「告訴我，我有什麼比不上他？」

「霍蓮笙學長，虧你寫的還是愛情戲的劇本，你到底知不知道真正的愛情是什麼？」茶詠茵失望的問他。

「強取豪奪並不是表達愛情的最好方法，就像你討厭直白而粗暴的情話。但你的思想卻和你的行為完全不一致，所以別告訴我你愛上了我，因為這就跟你的劇本一樣，太過虛假。」

霍蓮笙並沒有反駁眼前這個女生所說的話。

茶詠茵緩了一口氣，繼續說道：「其實你只是在妒忌卿少朗，雖然我不知道你妒忌他什麼。你之所以會吻我，也只不過因為我是卿少朗的女朋友這一身分而已。你問我你有什麼比不上卿少朗，老實說，我還真不知道，但至少卿少朗在感情上比你乾脆，他從不勉強別人。」

「還有，貿然的去吻一個你並不喜歡的女孩，這並不單單是在傷害對方，與此同時也在貶低你自己的感情，以後請別再做這樣無聊的事情了好嗎？」

留下了這句話之後，並不理會霍蓮笙接下來要說什麼，茶詠茵也沒有再聽下去的念頭，而是轉身走了。

◆※◆※◆※◆

因為在路上遇到不速之客而延誤了一些時間，當茶詠茵回到卿少朗的私人休息室時，卿大少爺早就已經蹺著二郎腿坐在沙發上等她了。

「又遲到。看來妳真的是記吃不記打啊。」卿大少爺一邊喝著茶、一邊說。

「不准扣我錢！今天我可是超早就過來了。」茶詠茵主動交代。

「哦……早就過來了？那是我個子太高，所以看不見妳嗎？」卿大少爺哼了一聲。

「我只不過是去茶座坐了一下嘛，那時你又不在，我一個人很悶的。」茶詠茵走到卿少朗的對面坐下。

「真的只去了茶座嗎？」卿少朗放下茶杯，傾身向前，觀察茶詠茵的反應。他說：「妳今天看起來有點怪怪的，有豔遇？」

「你、你說什麼？」茶詠茵的心莫名一跳，剛才在散步道上遇到霍蓮笙還被強吻了的事情尚且歷歷在目，她不禁有點心虛。

「快看快看，罪證出來了！」卿少朗不懷好意的逼問道：「妳的臉為什麼那麼紅？」

「你靠得這麼近，我覺得很熱才會這樣啦！快走開！」茶詠茵別過臉去，一邊推搡著一味朝他靠近的卿少朗。

「心虛了呢。」卿少朗不但沒有退開，相反的越逼越近，他忽然抓住茶詠茵的手，「快老實告訴我，妳背著我幹了什麼？」

「你、你、你快放開我！」手被抓住的茶詠茵緊張得連話也說不順暢了，剛剛才好不容易擺脫一個難纏的霍蓮笙，現在又來個卿少朗，她快有點招架不住了。

而且和剛才霍蓮笙逼近她的感覺有所不同，卿少朗的威逼有種曖昧的親密，茶詠茵只覺得自己全身都開始在發燙，燙得她快支撐不下去了。

「不說嗎？那就是願意接受懲罰囉？」卿少朗興味盎然的問。

「我沒有什麼可以說的！」茶詠茵抵死堅持。

還以為卿少朗會對自己幹出什麼事來的茶詠茵，卻發現卿少朗捂著肚子在笑。

「你笑什麼？」她生氣的問。

「妳啊！」卿少朗忍不住滾到沙發上，他說：「妳不說我也知道，妳遇到霍蓮笙了吧。妳不是還賞了那小子一巴掌嗎？哈哈哈……」

茶詠茵呼地從沙發上站起了身，她指著卿少朗說：「你怎麼可能會知道？！」

「我怎麼不知道？」卿少朗停止了笑意，保持著躺在沙發上的姿勢，歪頭看著她，「我還知道他吻了妳呢。」

「你跟蹤我？！」茶詠茵越發生氣了。

「誰有興趣跟蹤妳。」卿少朗指了指旁邊的窗口。

窗邊的桌子上擺著一副望遠鏡，一下子茶詠茵就明白了。

「你在監視我？」她對這個答案同樣生氣。

「實際上那也算不上是監視。」卿少朗坐正了身子，表情變回正常模式，「我本來只是在觀鳥而已，只是沒想到居然還額外看到了有趣的東西。」

「你……」茶詠茵也說不上來怎麼了，她只是不明白，被卿少朗看到自己被霍蓮笙強吻了，為什麼自己感到這麼的難過？

「怎麼？妳覺得委屈嗎？」

似乎看出了茶詠茵表情上的不自然，卿少朗也收起了玩笑的表情。他說：「霍蓮笙可是很多女生的夢中情人。雖然我是不知道他為什麼會這麼做，但是作為被他選擇了的妳，不是至少該覺得有點高興才對嗎？」

「有什麼值得高興？」茶詠茵不懂他們的思維。她說：「你會為了一個不喜歡的人的吻而高興嗎？」

知道自己失言的卿少朗沒有接話，他的確沒有想到茶詠茵是這麼的介意。

「放心吧，那傢伙不會纏著妳的。他喜歡的是艾莉娜。」卿少朗平淡的說出一個讓茶詠茵驚訝的事實。

「艾莉娜……你說霍蓮笙喜歡的是艾莉娜？」茶詠茵想起霍蓮笙的態度，似乎有點明白他的心情了。在他質問她到底有什麼比不上卿少朗的時候，他就洩露了自己的心意。

原來如此……她終於知道了他妒忌卿少朗的理由，沒想到竟是這麼一個無奈的原因。

「你是從什麼時候開始知道的呢？那個……霍蓮笙喜歡你的女……前女友的事。」茶詠茵問卿少朗。

「從一開始就知道了喔。」卿少朗深深的靠在沙發裡，他苦笑的問：「怎麼？妳是在同情我，還是在同情他？」

「那，艾莉娜小姐知道嗎？」她小心的再提了一個問題。

卿少朗沉默了一陣，說：「雖然她沒說，但我想她是知道的。」

這備受注目的三角關係，一定讓他們都感到痛苦吧。她不禁懷疑，難道卿少朗和艾莉娜分手的原因，跟霍蓮笙有關？

「不是哦。」

卿少朗一句否定，就打破了茶詠茵胡亂的沉思。

「不是什麼？」茶詠茵問。

「不是妳想的那樣，茶茶小姐。」卿少朗曖昧的笑道。

「你又知道我想的是什麼？」茶詠茵不服氣的說。

「當然知道。妳的臉上就寫著一副『真可憐啊，卿大少爺與艾莉娜分手的原因，該不會是因為霍蓮笙那小子在搞破壞吧？』……我猜的對不對？」

「我才沒有想後面那一句！」

「那就是說我前面都說中了？」

「你！」完全被牽著鼻子走的茶詠茵，完全不知道該怎麼反駁他。

「妳太容易讀懂了。我可愛的茶茶。」卿少朗站了起來，走到茶詠茵的身邊。

「才不是呢！你只不過是碰巧瞎猜到而已。」茶詠茵把頭扭到一邊不去看卿少朗。

「嗯？是這樣嗎……那我再來猜猜好了。」卿少朗牽起茶詠茵的一隻手，細看著她纖長而白皙的手指，然後斷定的說：「在散步道上的那個吻，是妳的初吻吧。」

幾乎立即栽倒在當場的茶詠茵臉上快要冒出煙來，她結巴著說：「你、你、憑什麼、這、這樣說！」

「憑什麼？就憑妳現在的反應如何？」卿少朗一看她緊張得想立即找個地洞鑽進去的樣子，就已經知道自己又猜中了。

「拜託別再讓我想起那個讓人噁心的吻！」

「其實我想說的是，妳搞錯了。」

卿少朗一邊欣賞著茶詠茵急得團團轉的表情，一邊字句清晰的繼續用語言刺激著這隻純情的小白兔。

「那樣根本算不上是一個正式的吻。」

「你說什麼？」茶詠茵被卿少朗的話迷惑了。那樣並不算是一個吻？那怎麼樣才算是一個吻呢？

「妳想知道嗎？」

卿少朗那像擁有魔力的聲音在茶詠茵的腦海中響起，直入她的反射神經，現在的茶詠茵像是一個被施了詛咒的木偶一樣，一動也不能動。

只能呆呆的望著卿少朗越來越接近的臉，茶詠茵覺得自己的心跳已經不正常到像顆炸彈一樣隨時會爆炸了。

「我聽到了妳的心跳聲呢。」卿少朗偏偏不肯停止那如惡魔般的輕言細語，「現在的妳很緊張。為什麼……難道是因為我嗎？」

幾乎缺氧的茶詠茵軟倒在牆上，而她的退路全部都被眼前這個叫卿少朗的男生截斷了。

「就讓我來教教妳吧，如何才算是真正的接吻。」

耳邊只迴響著卿少朗最後的這句話，她的下巴已經被輕輕抬起，一個柔軟的觸感印上了她的雙脣。

她接受著與霍蓮笙完全不一樣的碰觸，而對方嘴脣深處似乎有著一條直通心臟的道路，讓彼此的心跳瞬間同步——這股難以言喻的眩暈感讓茶詠茵完全忘記了自己身在何方。那是一種有別於和霍蓮笙接吻時那種厭惡的感覺，相反的，她的心底升騰起一股從未感受過的激烈暖流，彷彿隨著這股激流，自己將有勇氣去面對生命中的一切。

像是一個世紀那麼長的吻，事實上只不過是短短的幾十秒而已，當卿少朗終於放開茶詠茵的時候，她的雙眼依然沉浸在迷離的狀態之中。

不知何時已經整個身體窩在對方的懷中，茶詠茵再次清醒過來的時候，立即嚇得將卿少朗一把推開，讓兩人得以保持正常的距離。

「我還以為我會像霍蓮笙一樣，會被妳賞一個巴掌呢。」卿少朗笑著說，「看來我得到的待遇比他還是好一點。」

「你別開玩笑了！」茶詠茵有點激動的說：「戲弄我就那麼有意思嗎？」

「我並沒有在戲弄妳。」卿少朗收起了笑意。他的手指撫上了茶詠茵豐潤的嘴脣，「這可是一個封印之吻。別忘記了，妳現在是我的女朋友。」

「封印之吻？」

「這個封印擁有魔法，除了我之外，再也沒有人可以這樣吻妳了。」

雖然怎麼聽都只不過是種毫無根據的不可靠魔法，但是看著卿少朗那認真的樣子，茶詠茵又覺得一切就如他說的那樣，與其說這是魔法，還不如說是眼前的這個人擁有一種能夠蠱惑人心的力量吧……

◆※◆※◆※◆

接下來的日子，茶詠茵過得相當的不平靜。

她在B區上課的時候，總是會受到來自各方的奇怪騷擾。

那些騷擾雖然不能說得上有多惡意，或許因為自己好歹還是掛著「卿少朗的女朋友」的活招牌吧，倒沒有哪個學生敢真正對她做出太出格的報復，但女生分為兩個陣營來對她進行交叉進攻也夠她受的了。

其中一方陣營以孤立這個不配女友為主要目的，她們採取的行為不外就是漠視茶詠茵的存在、不與之進行接觸、企圖把她劃分在群體之外而已。但是相反的，另一方的陣營卻對茶詠茵採取相當積極的親熱攻勢，不過她們的企圖也同樣明顯，她們只不過是把茶詠茵當作是現成的情報機器，想要從她身上套取到更多關於卿少朗少爺的情報而已。

不論哪一方的陣營都讓茶詠茵感到頭痛不已，感覺自己就是史上最悲催的「打工仔」了。

然而，茶詠茵每天依然按照約定，準時來到卿大少爺的私人休息室報到，但她總會看到有趣的場面——就像是報時信號一樣，每隔一個小時，就有一些看似侍從的人物敲響這間休息室的門，而每次打開，卿少朗都可以從對方的手裡收到一大堆的「信」。

「真是奇怪。為什麼最近這麼多人塞給我這種東西？」卿少朗真是搞不明白。

只有茶詠茵冒著冷汗。當她看到簡直可以以海量計算的情書一封接一封飄然而至，飛到卿大少爺的手中時，她才真正有「這個傢伙原來真的很受歡迎啊」的確切真實感。

「嗯……大概是大家覺得艾莉娜小姐的位置好不容易空了出來，於是都想要努力爭取一下吧……」這樣說不知道能不能混過去？茶詠茵是自覺這個說法非常具有說服力，因為它最接近事實的「真相」。

「倒不如說是妳太差勁了，大家不願意承認妳才是我真正的女朋友吧。這麼看來，還是妳的責任啊！」卿少朗把信隨手一丟，旁邊已經壘出小山一般的高度了。

「是是是……小人不力……少朗大人請息怒。」茶詠茵假裝忠心的低頭拜著卿大少爺。

「今天晚上，S區有人要舉辦生日舞會，妳要和我一起出席。」卿少朗說。

「S區的人舉辦生日舞會？我又不認識S區的人……你自己一個人去不行嗎？」茶詠茵問道。

「這種舞會一般都是一雙一對出席的，妳身為我的現任女友怎麼可以讓我丟臉？而且舉辦的人妳也算認識喔。」

「我也認識？是誰？」

「申蘺。」

「是她？！」

茶詠茵光是聽到這個名字就立即能從腦海中過濾出那張豔麗的笑臉。

「我還是不去了吧。我可不想再看到她。」

「可以的話，我其實也不想再看到她。」卿少朗旋轉著手中一張華麗的生日邀請卡，悠悠的說：「但這種像挑戰書一樣的東西，妳怎麼可以無視呢？」

茶詠茵從卿少朗手中拿下申蘺的生日邀請卡，光是封面就大大的印有申蘺大小姐那囂張無忌的尊容，彷彿嘲笑著對方似的充滿挑戰性的眼神，而一打開卡片就看到裡面大大的手寫字體——

「誠邀我的最愛——少朗大人賞面參加我的十七歲生日舞會，期待在新的旅程中能與你展開親密關係，哦，你願意的話，也可以帶上你的那個跟班『小女友』，我相信經過今晚，你會發現她與我相比是多麼的毫無光華且不值一提，你一定會重新愛上我，親愛的。」

——我X！這不就是完全被人看扁了嗎！

茶詠茵氣得一抽筋就刷刷刷的把手裡的卡片撕了個粉碎。

就算是被整間神雪學園的女生無視而公然寫情書給自己的男朋友時，茶詠茵也沒這麼生氣過，但中蘺的挑戰書卻一下子把她挑撥了起來，茶詠茵指著卿少朗說：「給我等著！我今天晚上就去給這個自以為是的女人一點顏色瞧瞧！」

「萬分期待。」卿少朗煽動似的鼓掌說：「麻雀是否能變鳳凰呢？茶茶小姐到底能不能打敗可惡的情敵——中蘺小姐呢？真是好緊張呀！好緊張！」

「你少在那裡裝局外人！」茶詠茵白了卿少朗一眼。

「不過我說茶茶小姐，妳今天晚上打算穿什麼出席舞會呢？總不會是校服吧？」

「呃？這個……我還真的沒有合適的衣服可穿呢。」

茶詠茵這才如夢初醒般的煩惱起來。

一早就猜到會變成這樣的卿少朗，伸手指了指最邊上的一個隱蔽小房間說：「衣帽間在那邊，請自便。」

「衣帽間？」茶詠茵這才留意到原來這間休息室的角落處還有一扇暗門，不過因為之前來時一直沒有留意到，她還不知道原來這間休息室還另有一個小天地。

「艾莉娜很喜歡買衣服，裡面幾乎全是她挑的東西，如果妳不介意的話，現在正好派上用場了。順便說一句，她的品味一向不錯。」

卿少朗坐回沙發上，一臉期待的看著茶詠茵，「我真好奇妳再次從那裡走出來的時候，會不會讓我眼前一亮？我只給妳三十分鐘哦。」

現在也沒有什麼選擇的餘地了，茶詠茵只得走向那間獨立的小衣帽間。

正如卿少朗所說的，這裡都是艾莉娜之前留下的東西。不過單從那些色彩明豔而不失典雅的衣服來看，艾莉娜果然是出身名門的大家小姐，品味相當不俗。雖然每套服裝都已自主的配套好了一些小飾品，但玻璃壁櫃上卻還是琳琅滿目的擺放了眾多的配飾，就連鞋子的種類也不少，光是配搭方案都有上百種。

對於愛美的女孩子來說，這裡簡直就是天堂一樣的存在！茶詠茵呆呆的看著這個雖然小卻像充滿了神奇色彩的空間，只覺得像是進入了一間滿是寶藏的秘室中一般。

哪怕是隨便拿出一套來穿，都捨不得脫下，太多的美好選擇讓人眼花繚亂，茶詠茵掙扎在到底要選哪件才不會讓自己有遺憾的痛苦抉擇中。

三十分鐘很快就過去了。卿少朗看了看銀懷錶，不知道對方在裡面搞什麼？這段時間衣帽間裡好像相當的安靜，完全沒有一點的聲響讓人不禁產生懷疑，該不會是那傢伙高興得過了頭而暈倒在裡面了吧？這樣想著的時候，他還猶豫著要不要去看她一下比較好。

在卿少朗決定行動的時候，衣帽間的門把終於發出了細微的「卡嚓」聲響，這宣告著茶茶小姐終於要把變身的成果顯現於他的眼前了。

茶詠茵挑選的是一件淡粉色的連身短裙，剪裁雖然簡樸，但配以側身的巧妙流蘇設計，算是靜中帶動，高貴之中又藏有些小俏皮。略施了淡妝的茶詠茵看起來也與之前有所不同，不過因為是自己化的妝，所以也未見得有什麼太過驚人的突破。

卿少朗自茶詠茵從衣帽間走出來開始，就一直用充滿探究性的目光把她從頭到腳掃視了一遍。但用手托著下巴一臉沉思的他，卻沒有發表任何的評論。

「如何？」茶詠茵有點不太確定的問道，挽起裙子在卿大少爺的面前轉了一圈。

「嗯……」卿少朗只發出一個意義不明的長音。

過了一會兒，好像終於審視完畢的卿少朗才抬起頭來，看著茶詠茵說：「看來妳和艾莉娜還真是差太遠了，除了要整容之外，還得去抽脂和豐胸才行呢。」

話音剛落，一個茶杯就直接朝卿少朗的方向飛了過去！

卿少朗倒是早有預料的側頭避過。他對茶詠茵搖了搖頭，說：「就算妳砸死我也改變不了這個殘酷的事實，現在當務之急是得先找個裁縫來幫妳改衣服。」

拿出手機按下了幾個數字鍵，卿少朗只簡短的向對方說了句「麻煩過來一下」之後，就讓茶詠茵把衣服換下來。

不出三分鐘，休息室的門被敲響了。

「請進。」

卿少朗站起來，茶詠茵轉過頭去，看到門打開之後，一個身穿制服的人走了進來。

還以為卿大少爺的裁縫會是個紳士般的老頭子，沒料到進來的卻是一位妙齡的少女。

「把這件衣服改一改。」卿少朗指了指放在沙發上那套茶詠茵剛才換下的衣服，又指著茶詠茵對少女說：「照她的身材改。」

裁縫小姐點了點頭，笑咪咪的接近茶詠茵道：「這位小姐，請先站起來讓我量一量妳的尺寸好嗎？」

茶詠茵啊了一聲，趕忙站起身來，照少女的意思站好，平伸出雙手擺好姿勢。

「嗯，這位小姐的身材跟艾莉娜小姐的雖然有點差別，不過還好，不算很難改。很快就好。」裁縫小姐拿起了衣服，擺到桌子上面，打開隨身帶過來的工具箱，模樣相當專業。

「這邊要請稍等一下，兩位請自便吧。」

裁縫小姐獨自投入工作中去了，茶詠茵和卿少朗只好坐到旁邊的茶桌去等待成品。

「居然還帶著私人裁縫，實在讓人難以想像。」茶詠茵看著少女手上的針線飛快的穿梭於衣服間。

「她其實是神雪學園的學生哦。和妳是一樣的。」卿少朗說。

「咦？！原來她還是學生嗎？」茶詠茵嚇了一跳，「我看她好像很專業的樣子，還以為是專職的呢。」

「不是，她只是在我這裡打工而已。說到打工……這裡不也有一位嗎？」卿少朗示意的看著茶詠茵。

「原來也是在你這裡打工的學生啊……她是哪個班的？」

「她也是B區的哦，好像就在妳隔壁班吧。」

「年紀輕輕的，就有這麼好的手藝，以後估計會成為什麼大師之類的吧？」

「她的夢想是當個時裝設計師，而事實上，妳剛才挑到的裙子就是她設計出來的。妳的眼光不錯呢。」卿少朗說。

茶詠茵不禁瞪大了眼睛，沒想到眼前這個跟自己年紀一樣大的少女，居然已經厲害到能自己設計出衣服，並成功的推銷出去了。這件衣服的前主人是艾莉娜小姐，想必會比穿在自己的身上更能突顯出它的優勢來吧？

不能這樣想！茶詠茵啪啪的拍打著自己的臉頰。怎麼可以在還沒開始努力的時候就先否定了自己呢！自己也一定擁有特別的優勢，只有自己才有的優勢——但那又是什麼呢？

「那邊的小姐，可以過來一下嗎？」裁縫少女把手上做到一半的工作放下，轉頭呼喚著茶詠茵。

「啊……是在叫我嗎？」茶詠茵立即站起來，朝少女走了過去。

「抱歉抱歉，有些資料我還是要重新再確定一下，麻煩站在這邊一會兒。」裁縫少女拿著軟尺，再次在茶詠茵的身上量了起來。

「我叫茶詠茵，是B區一年D班的。」茶詠茵主動向少女自我介紹道。

「啊，我叫童童——洛童童。真巧呀，我是E班的，茶小姐。」童童笑著回答道。

「我並不是什麼小姐……妳叫我的名字就可以了。」茶詠茵感覺童童是個相當樂天開朗的少女，非常喜歡她。

「那我就叫妳茶茶吧？妳也可以叫我童童哦。」童童放下手中的軟尺，從口袋裡拿出小型的筆記本寫著剛才得到的資料，「這件裙子很快就能改好了，不會超過三十分鐘。」

「哦……我不急，妳慢慢弄。」茶詠茵順勢坐到了童童的旁邊，看她熟練的擺弄著自己的作品。

「放心吧，我會把裙子最佳的狀態在茶茶身上呈現出來的。絕對不會比艾莉娜小姐遜色哦！」童童似乎看出茶詠茵的心思一般，「茶茶今天晚上是要和少朗大人出席舞會吧？」

「妳知道？」茶詠茵感到意外。

「是申蘺小姐的生日舞會吧？我當然知道。」童童笑咪咪的，一邊咬斷了手中的線頭，順便指了指自己胸前的鑽石徽章道：「我也是B區少數被邀請的客人呢。」

茶詠茵這時也發現了童童胸前那枚和自己一模一樣的徽章。因為本身並不是S區的學生，所以即使同是鑽石徽章，在設計上也有細微的不同，茶詠茵和童童所佩戴的徽章和真正S區學生的徽章是有差別的。

「原來妳也收到邀請卡了呀！真好，晚上我們可以再見面了！」茶詠茵開心的說。

「嗯，我們應該會有很多共同話題的。」童童也很開心的說。

兩人聊天聊得正高興，卿少朗卻在一邊不耐煩了，他遠遠的大聲問道：「喂，童童，還得等多久呀？這傢伙還有很多事情得做準備，衣服隨便弄一下就行啦。」

「你這樣說真是太不體貼了。」

童童佯裝生氣的站了起來，揚了揚手中的裙子，說：「也對我的傑作太不禮貌了！不過呢，裙子早就已經改好了，現在就請茶茶小姐換上吧！」

茶詠茵接過童童遞過來的裙子，滿懷敬意的拿到衣帽間去試穿了。

再次把這件裙子穿上身的時候，的確與之前的感覺不太一樣，完全合身的剪裁更讓茶詠茵的體態展露出完美的線條，即使貼身度只是與之前有著極輕微的差異，但整個感覺卻會因這輕微的差異而產生完全不一樣的效果，瞬間這裙子簡直就像是被施與了奇蹟一般。

「真是非常好看呢！對不對？」童童得意的轉頭望向卿少朗說：「即使是同一條裙子，穿在不同的人身上，也會有著完全不一樣的視覺感受哦！我的作品是不會輸給任何人的，我設計的裙子可以支撐起不同的女孩子不同的氣質，我有這個自信。」

卿少朗意外的看得有些呆住了。的確是呢，剛才的茶詠茵明明就是穿著一模一樣的裙子站在自己的眼前，但怎麼看都不過是一個普通人穿了件漂亮衣服的感覺罷了，而現在自己眼前的這一位，卻有著迥然不同的質感。

「真的很美。」即使是卿少朗，也少有的贊同了茶詠茵的出色。

只習慣被卿少朗吐槽和戲弄的茶詠茵，驟然聽到這真心的稱讚也有點臉紅起來。

「那麼，我的任務就完成了。卿少爺，這次的勞動費用會在週末提交到你的帳單中，多謝惠顧！時間不早了，我也要回去準備準備，畢竟是中蘺小姐的生日舞會呢，到時會有很多商機的，拜拜！」

童童歡快而俐落的收拾好自己帶來的裝備，拿著那個自己縫製的可愛小工具箱，朝休息室裡的兩人行了一個俏皮的軍禮，就自己打開門離開了。

「雖然同為打工，但真是羨慕童童啊……」茶詠茵感嘆。如果自己也有一門可以自傲的手藝的話，說不定就可以像童童這樣快樂的打工了。

「怎麼？妳對於『卿少朗的女朋友』這份工作有何不滿？」卿少朗把茶詠茵拉了過去，讓她坐在一張高腳椅上。

看著卿少朗不知從哪裡拿出全套裝備的化妝箱來，茶詠茵驚訝的問：「這是要幹嘛？」

「幫妳化妝。」卿少朗簡短的說道。

「我不是已經化了嗎？」茶詠茵指了指自己的臉，順便靠近了一些，好讓對方能清楚的看到上面的化妝痕跡。

「妳這也能叫做化妝？妳是想要侮辱化妝品呢，還是侮辱我的審美？」卿少朗不容分說就把想要站起來的茶詠茵按了回去。

「咦？我化得不好嗎？」

「妳只是把化妝品直接往臉上塗而已，根本沒有經過任何設計和思考吧？自己適合什麼妝、該用什麼顏色的眼影和腮紅、該用幾度深淺的粉底估計也是不會知道了？」

「這是什麼東西？現在是在上專業課嗎？老師？」茶詠茵光是聽這幾個詞頭就暈了。

「這些即使是普通人的女生都應該有在研究吧。還是說妳是另一個世界的公民？」卿少朗嘲笑她道。

「為什麼你會知道這麼多？這不是女孩子才該知道的事嗎？」茶詠茵不服氣。

「因為，這是我的興趣。」卿少朗高興的拿起一手的化妝工具，就像個即將在白紙上大展神技的畫家一樣。

「我是白老鼠嗎？！」茶詠茵大叫著。

「說什麼胡話呢？艾莉娜曾經也是我打造出來的！」卿少朗哼了一聲。

茶詠茵閉上了嘴巴。連艾莉娜也……這得要什麼樣的功力才做得到的厲害結果啊？她只好沉默的仰起臉來。

因為之前化過的妝要先洗掉，然後再重新上一次妝，於是時間花得更長了。

被卿少朗重新定妝的時候，茶詠茵終於還是忍不住的問道：「為什麼你會喜歡幫女孩子化妝啊？」

「因為女孩子的可塑性很強啊，有的時候甚至可以化出前後完全不一致的人來呢。」卿少朗說。

「這真是個奇怪的愛好。」茶詠茵如此評價。

「不會化妝的妳才奇怪。」卿少朗回敬道。

聽了這無法反駁的評語，茶詠茵只好乖乖不再說話。

卿少朗的氣息離她非常的近。說起來，化妝也是一件極私人的行為，就像是一對真正的戀人在做著極親密的事一樣……但是，本就只是虛假的關係，此刻已經有點讓茶詠茵陷入了混亂，分不清真假了。

腦子裡冒出了古時候夫君替妻子畫眉的親暱詩句，茶詠茵的臉忽而變得更紅了。

「不要擅自改變臉的顏色啦！這樣叫我怎麼化得好？」卿少朗罵她。

「又、又不是我自己願意的！你靠這麼近我會緊張也是當然的吧！」

「妳腦子裡都在想些什麼奇怪東西呀？」

「才沒有！」

「沒有的話臉怎麼會這麼紅？」

「這是腦充血的前兆……麻煩你再快一點行不行？我快缺氧而死了！」

就在兩人你一言、我一語的持續爭論之下，卿少朗終於完成了。

好不容易脫離了卿少朗的近距離壓迫，終於能好好喘一口氣的茶詠茵貪婪呼吸著面前新鮮的空氣。

「真是太完美了！我又要再度佩服我自己！」

卿少朗坐在對面的沙發上欣賞著自己的傑作——茶詠茵，深深的發出自我滿足的嘆息。

自行走到鏡子前面，茶詠茵仔細觀看著鏡子裡的陌生少女。那的確是自己沒錯，但又有點什麼說不上來的違和感。

透過鏡中看到的人，既是自己，也不是自己。總覺得鏡中的少女在哪裡見過似的……

那本來就是自己，會有「在哪裡見過」的感覺也不奇怪吧？茶詠茵不禁為自己奇怪的想法而失笑，但不得不承認，卿少朗的化妝技術真的比自己高出不止一個臺階。

這陌生得連自己都快認不出來的漂亮人物，就是她茶詠茵。

「謝謝……」茶詠茵誠心的道謝。

「不用謝我，妳可是我的武器呢。」卿少朗說。

──嗯，是啊……其實我並不是你的女朋友。

茶詠茵不得不再度提醒自己，她只不過是一個「演員」。一個扮演「卿少朗的女朋友」的專業演員，目的就是打敗艾莉娜──他是這麼說的。

那麼，作為打敗對手的自己被說是他的武器也不為過了。

茶詠茵再一次凝視著鏡子裡面的自己，不知道以現在這樣的狀態，自己與艾莉娜相比的話，又接近了多少呢？現在的自己又是否能打敗艾莉娜？以同樣出自卿少朗之手所塑造的少女ＰＫ之戰，結局會是……？

少朗大人的詭異愛好

胡思亂想的時間並不多，因為晚上很快就來到了。

沒想到越過S區的背後，竟然還有那麼豪華的一棟三層式洋樓建築。

「這裡平時是活動禮堂，不過經常被S區的學生自己包攬下來辦聚會，從私人性質的舞會到商業性質的募款舞會都有。今天申蘺小姐包場了，妳就盡情的玩吧。」卿少朗對茶詠茵這樣說。

「盡情玩……能有這個榮幸嗎？」對將要見到的場面感到非常不安的茶詠茵，並無法預想自己可以盡情玩的景象會是怎樣的。

「挽著我的手。」卿少朗對站在一旁發呆的茶詠茵催促道。

「啊！咦？」茶詠茵有點茫然。

「妳是我的女朋友。別一臉傻樣。」卿少朗對茶詠茵的反應不滿，毫不客氣的在她的額前彈了一下。

「痛！」茶詠茵捂著前額，嘟著嘴巴，不情不願的把手挽進卿少朗的手臂中。

申蘺小姐的舞會相當熱鬧，幾乎全部S區的學生都來祝賀了，可見大家都相當給她面子，門口堆放著山一樣高的禮物，華麗的彩燈從廳內一直延伸至庭院外的圍廊，越過了小型噴水池，形成一個非常璀璨的場地。

申蘺作為今天最受矚目的女主角，她的身邊自然圍繞著各式或奉承或諂媚或企圖與之攀上關係的仰慕者。但當卿少朗帶著茶詠茵出現在圍廊還沒進入舞會正門的時候，申蘺已經像接收到信號的雷達一樣迅速做出了反應。

不知她是如何擺脫那一堆總是圍繞在身側的男士們，反正當卿少朗踏入大門的那一瞬間，她就準時迎了出來，並用誇張的擁抱撲向了卿少朗，順勢把站在卿大少爺身邊的茶詠茵成功的擠到一邊去了。

「少朗～～人家等你好久啦～」申蘺撒嬌的說著，完全不理會他身邊還站著個女伴。

「申蘺小姐，祝妳生日快樂。」卿少朗一邊假笑著道賀，一邊用力把她推開。

「你也知道是我的生日，那麼，我的生日禮物呢？」申蘺不依不撓的尋找著任何可以進攻的角度，這邊才被卿大少爺推開，下一秒她纖長的手指又再度環上了對方的脖子。

「禮物已經放在那邊了。」卿少朗不得不繼續敷衍她。

因為申蘺的生日宴相當盛大，所以來客的禮物都是統一放在一個地方，由專人打點。剛進來的時候，卿少朗和茶詠茵早就已經把預先準備好的禮物放到那邊去了。

「嗯，我才不要那些無聊的東西。我要的禮物是你，你就把你自己送給我吧。」申蘺故意耍賴。

「不好意思，我早就已經不是自己的了。我是屬於茶茶的。」卿少朗笑咪咪的把茶詠茵從一旁再度拉了進來，把她擺在申蘺面前。

「妳好，申小姐，祝妳生日快樂。」茶詠茵不失時機的擋在了卿少朗和申蘺的面前。

一看到面前的人換成茶詠茵，申蘺臉上的笑容立即消失了。她哼了一聲，轉身走掉了。

「真沒禮貌。」茶詠茵嘟噥道：「至少招呼我喝一杯又會怎樣？」

「哈哈哈……」卿少朗在茶詠茵背後忍不住低笑。

「你笑什麼？」

「我突然發覺妳的功能還滿多的。申蘺很討厭妳，妳一來她就跑了。這真是太好了。」卿少朗說。

「怎麼說得我像個驅蚊器似的，又不是我願意這樣。」

「怎樣都好啦。我是無所謂。」卿少朗聳了聳肩。

遠處有一群男生大聲叫著卿少朗的名字，卿少朗抬頭看過去，對茶詠茵說：「啊，我有朋友在那邊呢，妳自便了。」

這樣說完就自己跑去玩了，茶詠茵對這個完全沒有責任心的「男朋友」真是失望至極。她只好自己在會場裡遊蕩。

舞會採用的是自助餐，各個方向的牆邊都設有食物放置區，人們各自穿梭在樓上樓下，一邊拿著飲料、一邊與朋友高聲談笑的人不在少數。

「茶茶小姐！」

在樓梯處有人在高聲招呼著自己的名字，茶詠茵連忙尋找著聲音的來源，原來是童童。她比茶詠茵還早到一步。

「童童！」茶詠茵像在大海中找到珍貴的救援一樣興奮，連忙朝童童的方向走了過去。

「妳怎麼現在才來呀？」今晚童童穿的是一件她自己設計的水藍色小洋裝，非常符合她天真開朗的個性。而且作為活動招牌的這套衣服，盡顯她身為設計師的驕傲。

「嗯，因為要重新化妝，所以拖了點時間。」茶詠茵說。

「妳真的變得好漂亮呢！我一開始還差點認不出妳來，幸好妳穿著我設計的裙子，不然我還真不敢開口叫妳。」童童讚嘆的盯著詠茵的臉看。她說：「妳的妝真的好漂亮，教教我好不好？」

「呃……這個不是我自己化的。」茶詠茵尷尬的說。

「是嗎？那是找哪個化妝師幫的忙？一定要介紹給我喔！」童童興奮的說。

「這個……」不知道該不該說出事實的茶詠茵猶豫了一下，但最後她還是決定把事實告訴童童：「其實是卿少朗化的。」

「咦咦咦？！」童童驚訝得合不上嘴，「真的假的？少朗大人會化妝嗎？看不出來他會做這種事呢！」

「我以前也沒想到。」茶詠茵打了個哈哈。

「少朗大人好厲害啊……」童童再度湊近詠茵，羨慕的說：「真想被他化一次看看呢！不過要是我的話，他肯定不會理我吧。」

「怎麼會？」茶詠茵覺得卿少朗既然把這事作為一種愛好，那麼實踐的對象不是越多越好嗎？

「聽說茶茶小姐是卿少朗的女朋友，是真的嗎？」童童問詠茵。

雖然她很不願意騙童童——因為茶詠茵覺得自從進了神雪學園以來，童童是她感到最接近「朋友」感覺的好人——但是由於契約的保密條款關係，她也不得不說出違心的話。

「是的……姑且算是吧。」茶詠茵含糊的回答帶過。

「真好啊！」童童感嘆道，「縱觀少朗大人的女朋友們，都是很高素質的美女哦。」

「咦？那傢伙不是只有艾莉娜一個女朋友嗎？」茶詠茵問。

「嗯……艾莉娜小姐是維持時間最長的一個，不過少朗大人之前的確也有和其他的女生在交往哦！不過都不長久就是了。所以，當艾莉娜小姐出現的時候，大家都以為這就是最後一個了呢，畢竟他們真的非常的般配。」

像是發現自己說錯了什麼的童童，看了看茶詠茵，道歉般的繼續說：「對不起，我不是說妳不好啦！妳當然也是很出色的女生，畢竟也是少朗大人選中的人呢。」

「沒關係，我並不介意。」這句話倒是真的，反正她只是契約性質的女伴，也沒什麼資格介意。

「這樣說起來的話，妳真的有幾分像呢。」童童審視著茶詠茵的臉孔。

「像？像什麼？」茶詠茵反問。

「尤其是眼睛的部分……還有抿著嘴巴不說話的時候，都很像。」童童繼續自言自語。

茶詠茵的腦海中突然閃過不久之前，卿少朗也似乎曾經說過類似的話。當時他的確是喃喃說著「沒想到看清楚一點的話，其實妳還真有幾分相像的地方」之類的話。

「到底像什麼？」茶詠茵追問童童。

「嗯，之前沒化妝前還不太覺得，但一化了妝就更明顯了。茶茶，沒想到妳長得跟艾莉娜小姐有幾分相像呢！」

童童的話就像一顆閃耀的流星，照亮了茶詠茵心裡黑暗的疑惑。

原來是這樣……卿少朗之所以會從那麼多的女生之中挑選出她來成為他的女朋友，原來並非沒有原因，原因就在於她的樣子在某些方面跟艾莉娜相像嗎？

不知為何有點受到打擊，但茶詠茵也知道這樣的自己毫無道理，畢竟當初就說好只是假扮的戀人，那是出於什麼原因都不應該去追問的禁區，自己又何必那麼執著的想要知道答案呢？而如今知道了答案，為何又那麼的心情沮喪呢？

就連他為她化的這個妝，也投射著他心愛的戀人——艾莉娜小姐的影子吧。

茶詠茵這才明白，為何當自己站在鏡子前面的時候會有那種似曾相識的感覺。她想得一點也沒錯，鏡子裡的根本不是「自己」，只是艾莉娜小姐的替代品而已……

「我是不是說錯了什麼？」觀察到茶詠茵有點失落的童童，陪著小心的問。

「不……我只是突然有點累，想休息一下……」茶詠茵搖了搖手，否認了童童的猜測。

「啊！那我陪妳去沙發那邊坐——」

童童正想帶茶詠茵去一旁的沙發座休息，不遠處有幾個女生恰好認出了童童，立即圍了過來把童童拉過去說話，大概是要拜託她幫忙設計裙子什麼的，畢竟在學校裡就有技術這麼不錯的設計師，少女們都非常看好童童的設計。

再度被排除在人群之外，茶詠茵默默的離開了那裡。

◆※◆※◆※◆

剛才童童的話還在心裡迴盪著，想要透透氣的茶詠茵，一個人走到後面陽臺的門廊處。這裡因為比較偏僻，所以沒有什麼客人會過來打擾，茶詠茵就一個人倚在門邊，看著門外清湛的月光。

「一個人嗎？」

一道熟悉的聲音把茶詠茵從沉思中拉回現實。轉過頭，看到面前的人時，她只是輕輕的嘆了一口氣。

「是你啊……霍蓮笙學長，不知道這次又有何指教？」

霍蓮笙看了看周圍，他問：「卿少朗人呢？怎麼不見妳的男朋友？」

「我不知道他在哪。」茶詠茵老實的說。

「你們看起來真不像一對情侶。」霍蓮笙手裡拿著兩杯飲料，將其中一杯遞給茶詠茵。

「就算是情侶，也應該有屬於自己的空間吧。」茶詠茵隨口說著。

「這空間怎麼看都有點過於巨大啊……就像是一條無法跨越的鴻溝一樣。」霍蓮笙語帶雙關似的說道。

「你到底是來幹嘛的？如果你是來離間我們之間的感情，那是白費力氣的。」茶詠茵毫不起勁的說。反正她和卿大少爺之間本來就沒有什麼「感情」可言。

「之前對妳做了過分的事情，真對不起。」霍蓮笙道歉，樣子看起來倒是有幾分誠意。

茶詠茵歪過頭，看了看他，那個強吻事件距離她好像已經是很遙遠的事了，因為接下來有更讓她應接不暇的事情接二連三發生，所以就把與霍蓮笙相遇的部分輕易的覆蓋過去了。

想起了卿少朗說過，霍蓮笙真正喜歡的人其實是艾莉娜，她就不禁想問，既然如此，為什麼不能勇敢的去追求自己所愛的人呢？

像是要鼓起勇氣似的，茶詠茵猛然一口氣喝光杯中的飲料。

「能問你一件事嗎？」

「什麼？」霍蓮笙看著她。

「你是真的喜歡艾莉娜小姐嗎？」茶詠茵直視著霍蓮笙，觀察著他的反應。

霍蓮笙的眼中閃過一下的訝然，不過很快就消失了。

「妳聽誰說的？不會是卿少朗吧？」霍蓮笙陰沉著臉問。

「就是他說的。怎麼，你不敢承認嗎？」茶詠茵挑釁的反問。

「……」

霍蓮笙既沒有承認，卻也沒有否認。不過從茶詠茵的眼中看來，他這樣等於是承認了。

「能問妳一件事嗎？」

這次發出提問的卻是霍蓮笙。

「什麼？」茶詠茵問。

「妳真的是在和卿少朗交往嗎？」霍蓮笙緊盯著茶詠茵的表情，就像剛才她觀察他的反應一般，只不過現在立場完全對調了過來。

「……」茶詠茵本來可以依照契約坦然的說「是」，但她知道，在霍蓮笙面前，這個答案是無法騙過他的。

「果然是演的。」霍蓮笙輕笑了一聲，肯定了他自己的想法。

「你別亂猜。」茶詠茵說。

「別忘了，我也是專門研究戲劇的。」霍蓮笙嘲笑的看著茶詠茵，「妳的演技，還差了那麼一點點。」

「是嗎？那真是糟透了。」茶詠茵呻吟了一聲。

「要不要跟我合作？」霍蓮笙忽然這樣問道。

「合作？合作什麼？」她不明白。

「我們可以合作……各自爭取到自己喜歡的人。」

霍蓮笙的提議讓茶詠茵疑惑。

「我聽不懂你想說什麼。」

「妳喜歡卿少朗吧？雖然我不知道為什麼你們要假裝成一對情侶，但是以現在的情況看來，卿少朗其實並不怎麼把妳放在心上，要不然他絕不可能會在這樣的公開場合把女朋友丟在一旁，而自己跑到別處去。如果妳想要爭取到他更多的關注，就需要更主動才行。這種情況下，如果能製造出某些機會的話，對妳來說不是更有利嗎？」霍蓮笙慢慢的把他的看法說出來。

「你的意思是，你會幫我製造出這些機會，好讓我能更接近卿少朗；而相對的，作為交換條件，我也需要使用類似的手法幫助你達到你想要的同樣效果，來引起艾莉娜小姐對你的關注嗎？」茶詠茵側頭看著霍蓮笙。

「這是對我們雙方都非常有利的提議，不是嗎？」霍蓮笙承認了茶詠茵的想法。他確信她會答應，一般來說這種雙贏局面的提議並不會有人拒絕的，不是嗎？

但是，出乎霍蓮笙意外的答案，卻從茶詠茵的嘴裡確切的說了出來。

「對不起，我不能接受。」茶詠茵想也沒想就這樣回絕了霍蓮笙的提議。

「為什麼？」霍蓮笙微蹙著眉問道，不能理解為何她會拒絕。

「不為什麼。」茶詠茵轉過頭來，認真的對霍蓮笙說：「既然是自己喜歡的人，就請自己努力的去爭取回來，別指望用這什麼旁門左道來改變結果。愛情是沒有捷徑可走的，真的愛對方的話，就更應該光明正大。」

「還有——」茶詠茵對上霍蓮笙一臉震驚的表情，緩緩說道：「我和卿少朗的事情就不用你擔心了，我也並非你想像的那樣以得到他為目的，所以我是不會跟你聯手採取任何行動。如果你是真心喜歡艾莉娜小姐，就用自己的方式去表白如何？還是說你害怕失敗？敗給一個被她甩掉的卿少朗？我想，艾莉娜小姐也不希望見到有一個會在背地裡對她使手段的仰慕者。」

霍蓮笙低頭不語。

茶詠茵雖然說了拒絕的話，但也並沒有顯露出一絲後悔之意。

「霍蓮笙學長，一般來說，朋友之間如果有了喜歡的人，然後互相傾訴和商量，又或者互相幫助，都是非常普通的事，但你忘記的卻是——我和你，並不是朋友。」

「所以，抱歉了。」茶詠茵朝霍蓮笙點了點頭，轉身離去。

離開的同時，她回過頭來留下一句話：「當然，如果哪天你能放下一些看人的偏見，相信你的朋友會更多。」

霍蓮笙握著玻璃杯，無言的看著茶詠茵消失的方向。

「真是個固執的女生。」霍蓮笙低喃道。

不過，霍蓮笙並沒有太多時間為自己已然失敗的遊說而失落，在場投放在他身上的異性目光不會輕易放過任何一個接近他的機會，在茶詠茵離開的下一秒，他立即被過來搭訕的女生們包圍了。

◆※◆※◆※◆

茶詠茵又回到了大廳裡，這時一樓已經變成了舞池，隨著一首一首抒情慢歌的回轉，大家都一雙一對相繼滑入了舞池中翩翩起舞。

茶詠茵手裡拿著食物，隨便的吃了一些東西，一邊遊走在場邊觀看著，她一直在尋找卿少朗的蹤影，卻怎麼也找不到，心想會不會是他邀請了哪個大家小姐在舞池裡開心的跳著舞？但遍尋舞池裡的人影還是沒有他。

——真是奇怪了，那傢伙跑哪裡去了呢？

她正疑惑著，因為腦子思考著其他的事情而不慎撞上迎面而來的客人。

「對不起，是我沒看清路。」茶詠茵立即向撞到的人道歉，但定睛一看，她才知道自己剛才不小心撞上的人竟是艾莉娜。

「沒事。」艾莉娜並不介意，不過當她看清楚了撞向自己的人是茶詠茵的時候，她也呆了一下。

而且，艾莉娜的表情相當的震驚。茶詠茵和她對視了足足有一分鐘，艾莉娜直直的盯著茶詠茵的臉，似乎一句話也說不出來。

「怎麼了？該不會是我撞到了妳哪裡？妳覺得不舒服嗎？」茶詠茵緊張的詢問。

「不……不是。」艾莉娜這才發現了自己的失態，她低下頭，深深的吸了一口氣，「我只是，沒想到是妳。詠茵小姐。」

艾莉娜撫著額頭，她看著茶詠茵，好一會兒才說：「真的好像呢……」

「咦？」茶詠茵好像能明白剛才艾莉娜會直盯著自己看的原因了，原來她也發現了嗎？自己被卿少朗故意化了個與她相像的妝容這件事……

「尤其是眼睛的部分。一看就能看得出來呢。」艾莉娜相當肯定的對茶詠茵說：「這是少朗的手筆吧？詠茵小姐。」

茶詠茵的沉默等於承認了艾莉娜的判斷。但令茶詠茵不解的是，艾莉娜看起來似乎受到很大的打擊，這是為什麼呢？她不太能想通，卿少朗之所以把她與艾莉娜重疊起來，不就意味著他忘不了艾莉娜嗎？而對於還對卿少朗心存愛意的艾莉娜，難道這不是值得高興的事嗎？為什麼她看起來卻像是離自己喜歡的人越來越遠的失望之感？

真要說到尷尬的話，應該是自己這邊的立場才對吧？茶詠茵不禁如此想著。這麼明顯的人形替代品，沒想到自己居然被卿少朗當成工具一樣直白的展示在艾莉娜的面前。

「艾莉娜小姐不喜歡看到我這個樣子吧……」茶詠茵苦笑道。現在唯一能解釋艾莉娜不高興的可能性，大概也只有這一個原因了。

茶詠茵說：「艾莉娜小姐一定覺得這樣的我相當難看，化著與艾莉娜小姐一樣的妝，企圖與艾莉娜小姐攀比什麼的……但我事先真的不知道卿少朗的意圖，我也搞不清那傢伙到底在想什麼。」

她說的是實話。

事實上，她是直到現在才知道卿少朗竟在她的身上設下這麼低劣的惡作劇，他一定就在等這一刻吧，讓艾莉娜看到自己而震驚的這一刻……

「妳誤會了，詠茵小姐。」艾莉娜對茶詠茵搖了搖頭，否認了她的想法。接著，艾莉娜繼續補充道：「我之所以會對妳的樣子如此驚訝，並不是因為妳的妝像我……啊不……應該說，妳的妝並不像任何人，但卻又確實的像著某人吧……」

這下子茶詠茵完全搞不懂了。並不像任何人，卻又確實的像著某人，那是什麼意思？感覺艾莉娜已經混亂得連話也說得不清不楚了。

「妳一定聽不明白吧？這也難怪。畢竟妳作為卿少朗的女朋友，時日還不長，不知道並不奇怪。」艾莉娜看穿了茶詠茵的問號，不禁失笑。接著，她微笑著問茶詠茵：「妳知道在妳我之前，少朗有過多少個女朋友嗎？」

「不知道。」茶詠茵老實的回答。雖然聽童童說過卿大少爺在擁有艾莉娜小姐這個固定的女朋友以前，也曾有過一些短暫的女友，但確切的情況她並不知道。

「粗略估計的話，大概有上百人了吧……」艾莉娜鎮定的說。

「上、上百人？！」茶詠茵差點把手裡的盤子都砸在自己的腳上。

「而且每個的交往時間都相當的短暫，有的甚至不超過三小時，最長的也不會超過一星期。他就是以這樣的頻率在換著身邊的女孩。」艾莉娜說。

「這哪是抱著戀愛的態度？這應該是嚴重的濫交吧！」茶詠茵對卿大少爺這種荒唐的行徑哭笑不得，雖然說他是很受歡迎沒錯，但是這樣玩弄別人的話，難道他就不怕遲早會遭到報應？

「那個時期的他的確是非常濫交沒錯。他能分給每個女孩的時間和關注都很少，但是卻有一件事他是會對每個身為他女朋友都做到的，就是他會為她們化一個相同的妝。他的每一個女朋友都不會例外，一定會得到這相同的待遇……就是今天妳的這個妝。」

茶詠茵驚得說不出話來。她死死的看著艾莉娜。

「那艾莉娜小姐，妳……」

「沒錯，我也曾經被他化過一樣的妝呢。」艾莉娜並不否認，「而且正因為這一個妝，我成為了唯一一個能留在他的身邊時間最長的女生。」

「咦咦咦？！這不是真的吧！艾莉娜小姐不論怎麼看都足夠成為任何男生珍惜的戀人啊，怎麼會是為了一個妝就……」茶詠茵不敢相信自己聽到的事實。

「沒錯，只是因為一個妝……只是因為我也像某人……」

艾莉娜的眼睛裡閃著一絲不甘，「大家總以為少朗對我專一又深情，事實上他才是那個最無情的人！在他的心裡，一直有一個由他自己幻想出來的『虛假的戀人』，雖然不知道那是誰，但是他卻一直在用各種方法去塑造『她』，每個到達他身邊的女生都會成為他幻想的工具。和他在一起的時候，我每天都要化著同一個妝，但其實他根本就沒有在看我，他只是從我身上尋找著那個不知名的女生的身影！」

「這讓我很氣餒。原以為可以改變他的我，卻在接下來的相處中更失望，只要有一天我沒有化相同的妝，他的態度就會冷淡下來，連話也不願意跟我說。相反，如果我如他所願，以他希望的樣子出現時，他又會對我溫柔寵溺得讓我忘記了自己真正是誰。」

艾莉娜一邊說著，一邊環抱著微顫的雙臂，因為她正回憶起一段令她傷心不已的往事。

「真是太過分了！」茶詠茵也不禁對艾莉娜生出了一點同情來。她真的沒想過原來背後的事實居然是這個樣子的。

「的確很過分。所以，我不得不提出分手的要求。因為我不想再假裝下去，我不想再做少朗心中所塑造的『某人』了。」艾莉娜看著茶詠茵說。

「我原以為分手的提議至少可以讓他清醒過來，但沒想到他想也沒想就回答說『好』。他一次又一次的傷害我，但我卻還是忘不了他……我真是這個世上最蠢的人。」艾莉娜低下了頭。

「艾莉娜小姐並沒有錯，錯的都是那個隨便踐踏別人真心的混蛋！」茶詠茵的正義之火不禁燃燒了起來。

「詠茵小姐現在的立場也是一樣的呢。」艾莉娜提醒道。

「呃……也是。」茶詠茵摸了摸頭。

不過，她跟艾莉娜不一樣的是，自己本來就是一個虛假的戀人啊……照這樣看起來，卿少朗的「傷害罪」在她身上不能算是成立的。可能是因為卿少朗在艾莉娜離開之後，也開始意識到自己以前的行為是多麼的無良了吧？所以接下來他都打算用契約形式去繼續尋找新的情人嗎？

這麼說起來，難道她其實是卿少朗改邪歸正的一個證據？可是硬要這樣說的話，卻又有什麼地方不太對勁的感覺……

王子現已被放倒

艾莉娜很快就被前來邀舞的帥氣男生牽走了。在告別了艾莉娜之後，茶詠茵又陷入了獨自一人的胡思亂想中。

——沒想到卿少朗的愛好還挺變態的啊？他到底想要把女孩子們變成什麼樣子呢？一個他心目中既定的形象嗎？

這樣想著的茶詠茵，對著轉角處的一面鏡子左照右照，企圖找出一點眉目來。

——照艾莉娜小姐的說法，卿少朗只是在塑造一個「心目中的某人」，但是這個某人又是以誰作為參照呢？她們唯一相似的地方，只有眼睛？還有抿嘴的表情？因為童童曾說過我的眼睛部分和抿嘴的時候跟艾莉娜小姐很像，照這樣推斷的話，其實就是這些地方也同樣跟那個「某人」很像吧？

「哎，真是太複雜了！」茶詠茵仰起頭叫了一聲，乾脆放棄思考了。

「一個人在這裡幹什麼呢？」

身後一道俏皮的女聲打斷了茶詠茵的獨自抓狂。

「咦，童童！」她驚喜的拉起來人的手。

「妳怎麼不去跳舞呀？」童童指了指熱鬧的舞池。

「我又不會跳。」茶詠茵無奈的攤了攤手。雖然剛才的確也偶爾有來邀請她跳舞的人，但因為自己身分敏感，加上也不怎麼會跳舞就拒絕了。說到底，她現在還是在「工作狀態」中，即便那個無良的雇主不知道自己一個人跑哪裡去了。

「真是個不合格的男朋友呢！少朗大人。」童童替茶詠茵抱怨。

「算了吧。」她對這種事倒是沒放在心上的。

「說起來，申蘺小姐也不見了呢。妳不覺得這有點異常嗎？」童童低聲的在茶詠茵的耳邊說。

「申蘺也不在嗎？」茶詠茵倒是從來沒留意過她。

「喂喂，妳不是不知道吧？申蘺小姐可是公開宣稱要把少朗大人奪到手的呀！妳這個女朋友也太沒有危機感了吧！茶茶！」

「啊，對不起。」自己幹嘛要為這種事情道歉啊？茶詠茵納悶。

「可能就在今天哦。」童童像個密探一樣，把情報偷偷洩露給茶詠茵。

「申蘺小姐說過了，今天無論如何也要讓少朗大人成為她的呢！所以呀，現在申蘺小姐和少朗大人都不在場就是最可疑的地方！申蘺小姐是這次生日會的主角吧，她怎麼可能會隨意消失不見？唯一的可能性，就是她已經按照計畫出手了！茶茶，要是妳不快點去把少朗大人拯救出來的話，妳就要失去他了呀！」

「哈……有這麼嚴重嗎？」

茶詠茵怎麼也想像不出申蘺還能把卿少朗怎麼樣。況且卿少朗這麼一個大活人，怎麼可能是申蘺說弄走就能弄走的？卿少朗也不是那種隨便別人說什麼就是什麼的聽話角色，而且他對申蘺那麼的厭惡，根本不可能會主動去接近她。

「妳的樣子也未免太悠哉了。有時候真懷疑妳到底是不是少朗大人的女朋友啊……」童童看茶詠茵好像沒什麼反應，皺著眉頭說。

「我這就去找他！」茶詠茵只好裝出一副很積極的樣子。

──童童說得對，我怎麼也算是卿少朗的現任女友啊！怎麼可以表現出一副怠工的樣子呢？我的演技真是太差勁了，以後要注意注意！

「我再留在這裡幫妳收集情報哦！」童童也很積極。

茶詠茵只好開始滿場展開尋人模式。

◆※◆※◆※◆

不過，正如童童所說的，卿少朗真的像是從地面上消失了一樣，茶詠茵找遍整個舞會場地，都找不到他的人影。申蘺也一樣，這實在是相當可疑。

「該不會是那傢伙被申蘺用什麼方法騙走了？」茶詠茵這樣想著。

在二樓的小偏廳裡看到了之前與卿少朗一起說話的那群男生，茶詠茵過去詢問了一下。

「請問你們有看到卿少朗嗎？」

「少朗啊，他之前不是跟凌小姐在露臺聊天？」一個男生模糊的回憶著。

「不是不是，我看到他後來跟何少爺一起去了桌球室呢。」另一個男生搖手否定。

「沒有吧？我明明記得他三分鐘後又跑到外面去了，那時他好像是和錢家的二小姐在一起吧。」

大家你一言、我一語的猜測著卿大少爺的最後去向，卻沒有人能給出一個定論。

「對了，最後把他拉走的是申蘺小姐……申蘺小姐好像還請他喝了什麼特別有趣的東西……」一個男生似乎想起了什麼，努力回憶著。

「真好啊……得到這麼熱情的招呼。申蘺小姐也真是太厚此薄彼了呢！」

大家都笑起來，茶詠茵緊張的追問：「他們最後去了哪裡，你們知道嗎？」

「這個我們不太清楚啊。」男生們曖昧的看著茶詠茵說：「這種事，我們也不好去打擾別人吧，說不定他們正在某個房間裡幹著什麼高興的事情呢？」

「對了，話說妳到底是誰啊？」

男生們終於醒悟過來要問清楚眼前這個多事的女生到底是誰時，茶詠茵早就一溜煙離開了男生們的聚集地，跑到三樓去了。

——「某個房間」究竟是「哪個房間」啊？！

——為什麼會隨便喝別人給的東西呢？這不是普通小孩子都有被教育到的常識嗎？真是太大意了，卿少朗！你也應該知道對方是申蘺呀，不管是什麼飲料都絕對絕對有問題！

三樓幾乎全是獨立式的客房，事到如今她只好一個房間一個房間地毯式的搜索了！

茶詠茵氣勢洶洶的打開了第一扇房門，那像討債似的砰的一聲巨響，把房間裡正熱吻在一起的兩人嚇得跳起來。

「哇啊！妳是誰？」

一聲尖叫響起。沒想到一打開門就撞破了別人的好事，茶詠茵也嚇了一跳。

「對不起！」她趕忙把門關上，心臟卻因為這太過刺激的畫面而暴跳得緩不下來。

對了，因為大家都會來這層樓幽會，所以這樣隨便打開門的話，很容易就會搞出像剛才那種烏龍的事件……茶詠茵這時才發現自己的行為是多麼的不經大腦。

那要怎麼辦才好？她望著那長長的過道，兩邊數不盡的大門……難道她得扮演勇者，一間一間這樣闖關下去嗎？

不如就這樣算了……反正卿少朗最後變成怎樣也不關她的事。

一邊這樣安慰著自己，茶詠茵考慮著乾脆不管那傢伙不就好了？反正也是他自己被申蘺騙倒的，要怪就怪他自己太輕率。

——對了，放棄吧，放棄就好了……嘖！為什麼我就是做不到呢！

茶詠茵對著下一扇門大叫著：「裡面的聽著，我要進去了！」然後勇敢打開大門——

此起彼伏的驚叫聲不時從三樓傳出來，在二樓玩樂的客人們不禁疑惑樓上在開什麼party，這麼熱鬧？

已經數不清打開了幾扇門，在茶詠茵勢如破竹打開了第N扇門並大叫著「我進去了！」

的時候，她終於找到了要找的人。

房間裡的人的確是卿少朗沒錯。但是為什麼房間裡只有他一個人？不過這個也不是重點，重點是……為什麼他會沒穿衣服？！

當然，說他沒穿衣服也是不對的，他只是沒有穿著來時的衣服。此時的卿少朗，身上穿的是剛沐浴後的浴袍。

「茶茶？」卿少朗對於茶詠茵會突然出現也很驚奇。

「申蘺呢？申蘺在哪裡？」茶詠茵問。

「呀，真是熱情的開場白啊。茶茶妳是來抓姦的嗎？」卿少朗忍不住笑問道。

「你還有心思開玩笑！你被人算計了知不知道啊笨蛋！」她罵道。

「是嗎？我被誰算計了什麼呢？」卿少朗把茶詠茵讓進了房間裡，將門關上。

在房間裡搜查了一圈，果然沒找到申蘺的蹤影，茶詠茵就搞不懂了，難道說……

「你已經失守了嗎？！」她指著卿少朗問。

「妳的腦子裡在想什麼？」

「但是你……這打扮，啊啊！我還是來遲了一步嗎！」

「請節制一下妳的想像。」

卿少朗走到茶詠茵的身邊，彈了一下她的額頭。

「申蘺現在正在305房呢，位置就在對面隔三間，妳對她這麼有興趣就自便。」

「什麼嘛，你就對奮身前來救援的我用這種態度？！童童什麼都跟我說了，中蘺小姐的計畫，就是今晚就把你攻略掉。」

「我的樣子像已經被攻略了嗎？」

茶詠茵把卿少朗從頭看到腳，「很像啊……」

卿少朗再度伸出手指時，茶詠茵已經立刻用雙手嚴密的護住了前額，但這次卻被他彈到了鼻尖。

「痛！」她只好轉而去掩護可憐的發紅的鼻子。

「拜託妳用正常的思維想一下吧。雖然我知道妳擔心我，但是一般這種情況下，男生是壓倒性的有利，怎麼可能會讓對方得逞呢？光是力量就已經拚不過了。」

「那是你不瞭解這個世界上有種可怕的東西叫『迷魂湯』，有種可怕的行為叫『下藥』吧？別以為力量就代表一切！」

「哦？」卿少朗瞇了瞇眼睛，忽然把茶詠茵推到了牆邊，緊緊的握住了她的雙手，把她完全壓制得動彈不得。

「妳是說力量不代表什麼嗎？要不要現在來驗證一下我們之間到底誰才是正確的？」

「你、你要幹嘛！」

茶詠茵拚命的掙扎以企圖脫離卿少朗的控制，卻完全徒勞無功，這個時候她不得不承認一個男生的力量真的是大得非常可怕！

「讓我來告訴妳一件事吧，茶茶。」

卿少朗的臉距離茶詠茵非常非常近，近得她再度有缺氧的危機，每次卿少朗非正常的行為都會讓她感到難以言喻的壓迫感。好不容易平復的心跳又開始以不正常的頻率激烈跳動起來了。

「在這種事情上到底誰才是主導者，就由我來讓妳好好的瞭解清楚……」

卿少朗這樣在茶詠茵的耳邊低語著，完全無法反抗的茶詠茵眼看著卿少朗越逼越近的臉，不由得緊閉上了眼睛。

過了一分鐘……兩分鐘……三分鐘，還是毫無動靜。

她偷偷的張開了眼睛，剛才緊緊把自己的手按在牆邊的力度已經軟了下去，卿少朗的頭也無力的垂倒在她的肩膀上。

「死了？」茶詠茵問。

「妳才死了。」卿少朗有氣無力的回答。

「這麼有精神就好好站著別靠著我啊！」

「我……突然沒有力氣了……」

「嘿，剛才不是說得很漂亮嗎！看吧，果然還是被下藥了吧！這麼容易看穿的圈套也會中招，笨蛋！」

「呃……別說了，快讓我躺到床上去……」卿少朗已經沒心思跟她吵架了。

「真是的！」

茶詠茵生氣的把伏倒在自己身上的卿少朗搬開，企圖把他弄到房間中央的床上去。但是才剛一推開卿少朗的身體，他就毫無支撐力似的倒了下去，連帶著站不穩的茶詠茵一起朝地板撲了下去。

「唉呀！痛死了，你好重啊！快點起來啦！」

茶詠茵現在正是一副完全被卿少朗壓倒在地上的模樣，她拚命用雙手擋著卿少朗那像木板一樣僵硬沉重的身體。

「我要是站得起來的話就不用妳幫忙了。」卿少朗嘗試努力了一下，手腳也只能極輕微的接收到指令稍動一下而已。

想要把這麼沉重的行李搬到床上是完全不可能完成的任務，茶詠茵張望了一下房間，只好折衷，把他勉強弄到離自己最近的長沙發上。

好不容易才讓這個跟屍體沒兩樣的傢伙拖在沙發上躺好，茶詠茵已經累得滿頭大汗了。

「你真會製造麻煩。」她喘著氣，隨手在床上拿了一條薄床單，扔到屍體的上面。

「妳真會落井下石。」卿少朗一臉哀怨，剛才的威風一掃而空，現在的他只是一個毫無攻擊性的人偶罷了。

「剛才是誰說男生是有壓倒性優勢的？如果我是申蘺的話，你早就敗了吧。對了呢，申蘺小姐不就在305嘛，要不要我叫她過來？」茶詠茵壞笑著環抱著雙手，諷刺的問著躺在沙發上一臉可憐兮兮的卿少朗。

「茶茶妳真愛說笑呢，哈哈哈，不過這種事並不好笑。」卿少朗一臉委屈，「妳千萬別離開這個房間啊，妳要保護我！」

「話說你之前不是跟申蘺在一起嗎？都已經計畫到這一步了，為什麼她反而不在呢？」茶詠茵問。

「這個，說來也話長。其實我們之前一直待在305房，是她說要跟我玩牌來打賭的，才進行到一半，不知怎的她的飲料就潑到我身上了，我就過來這間房間洗了個澡。」

「你跟申蘺在打賭？你們在賭什麼？」

「她說我贏了的話，以後不再來煩我。」

「這不是明擺著要讓你輸的嗎？」

「什麼啊，我一直在贏呢。」

「申蘺的本意根本就不在賭局上，你真是的！」

就在兩人抬槓的時候，房間的門被敲響了。

「少朗！你在裡面嗎？怎麼這麼久呀，我們的賭局還沒完呢。」

門外傳來了申蘺大小姐的聲音。

茶詠茵瞪著躺在沙發上的卿少朗，卿少朗也瞪著她。

「怎麼辦？」她問。

「我怎麼知道怎麼辦？」卿少朗直接裝死，「妳才是正宮啊，快點去解決她！」

「少朗？」門外的申蘺因得不到回應，又敲了幾下門。不過，從她的聲音聽來，她似乎很高興，「你怎麼不出聲呀？是不是覺得不舒服？那我要進去囉。」

茶詠茵沒辦法，只好鼓起勇氣站了起來，走到門邊，爽快的把門打開了。

「少……咦？！怎麼是妳！」申蘺一看到出現在面前的人不是卿少朗，而是她的天敵茶詠茵時，原本溫柔的笑臉立即結成了冰霜。

「請問申蘺小姐，妳找卿少朗是有什麼事嗎？」茶詠茵一臉冷漠的問申蘺。

「我找誰要妳來管？妳以為自己是誰呀？」申蘺氣呼呼的。

「但如果妳找的人是卿少朗，那當然就跟我有關，我可是他的女朋友呀，申蘺小姐。」茶詠茵提醒道。

「妳很快就不是了。我看妳能囂張到幾時！」申蘺明顯咬牙切齒的。

「可惜現在還是呢。對了，聽說申蘺小姐剛才和少朗大人在打賭，不知道是誰贏了，又是誰輸了？不過呢……」茶詠茵故意靠近申蘺，用嘲諷的語氣刺激她：「當我出現在這個房間的時候，妳就已經『輸』了哦。」

「妳！」申蘺氣得幾乎要衝上去掐住茶詠茵的脖子。

「妳想打我嗎？」茶詠茵倒是一點也不害怕。她得意的說：「忘了告訴妳，我在以前的學校社團是跆拳道社的，跟妳們這些身嬌肉貴的小姐們不一樣，妳敢動我試試看，到時別後悔唷！」

看到荼詠茵那樣子不像在說笑，申蘺倒沒那個膽量跟她硬碰，畢竟自己的身體可是寶貴的上等玉器，而荼詠茵怎麼看也是爛瓷爛瓦的料，這要是衝突起來，怎麼看都是自己吃虧。

「荼詠茵！算妳狠！」申蘺撇了撇嘴，心不甘情不願的甩了甩手，終於走掉了。

「好走不送。」荼詠茵把大門關上。

像死屍一樣躺在沙發上的卿少朗望著天花板，他驚嘆的說：「荼荼妳真厲害，連申蘺都說不過妳，真可怕。」

「因為我不是愚蠢的男生，不會吃她那一套。」荼詠茵越過沙發，根本就不看卿少朗，她直接走進了浴室。

鏡子裡顯出一張漂亮的臉，但這張臉上卻藏著某人的影像。荼詠茵毫不猶豫就打開水龍頭，嘩啦嘩啦的水流出來，她把整張臉都浸到了水裡面。

花了好久才把妝全部卸乾淨，荼詠茵用乾淨的毛巾把臉擦了擦，再看了看鏡子，真實的自己又回來了。

走出浴室，在桌邊拖了張椅子過來，她坐在沙發前，環起雙手蹺著腿坐了下來。

「現在你打算怎麼辦？藥效也不知道要持續到什麼時候，你要本小姐為你守靈嗎？」

「別這麼冷淡嘛，在這種時候，身為女朋友應該義無反顧的站在男朋友的身邊不是嗎？

難道妳就沒有一點成功擊退了第三者的痛快感覺？」

「什麼時候我這女朋友還兼任保鏢的功能了？這個第三者不是你自己招回來的嗎！我會為這種事情高興才有鬼。」

「唉頭好痛喔……」卿少朗為了避免茶詠茵連接不停的指責，只好扮頭痛博取同情，他可憐的說：「茶茶，過來抓住我的手好嗎？」

茶詠茵毫不溫柔的抓起他的手，卿少朗滿足的把她的手按到了胸前，不過當他睜開眼看到她的臉時，他馬上就笑不出來了。

如果可以的話，他一定會跳起來抓住她狠狠的搖晃吧？

「妳為什麼把妝卸掉了？！」卿少朗一臉不高興。

「嘿嘿～我就卸了，怎麼樣？」茶詠茵壞笑著說：「怎麼，看到我是茶詠茵，你是不是覺得清醒多了？」

「什麼意思？」卿少朗面無表情。

「你知道我是什麼意思。艾莉娜小姐把什麼都告訴我了。」茶詠茵說。

「那個多嘴的女人！」卿少朗哼了一聲把頭轉過去。

「怎麼？我不是你喜歡的那個『影像』，你就連看我的臉都不願意了？真遺憾啊，我可是素顏主義者，以後估計也沒法如你所願了。」

「……」卿少朗一臉失落。

「我說，你也別老像個小孩子一樣，就算你把身邊的女孩子都裝扮成你喜歡的那個人的樣子，但她們就是她們，永遠也不可能因此而變成那個人的。如果你真的那麼喜歡那個人，為什麼不去追求她本人呢？」

雖然茶詠茵不確定卿少朗喜歡的那個人到底是誰，而艾莉娜也說過那極可能只是一個虛幻存在的人物，但她卻不這麼認為。因為卿少朗既然能始終如一精確描畫著那個人的影子，就證明那個人是的確存在的。

「不可能的。」卿少朗閉上了眼睛，半帶死心的說：「我永遠也不可能得到那個人。」

「咦？真少見。我居然會從自大狂的嘴裡聽到這種話。真不像你。」茶詠茵說。

「她是……人類所無法追求的。」卿少朗嘆著氣。

「人類無法追求？難道說你喜歡的人……」茶詠茵歪了歪頭，「已經死了？！」

「如果是死了的話，那至少也曾經是個人類吧？但是，她可是個精靈啊！」

卿少朗說到這裡不禁收緊了手，一直被他握著手的茶詠茵也似乎能感受到他的傷感。

「精靈？你是在說笑吧？」茶詠茵瞪大眼睛，這傢伙是偷偷喝酒喝多了在說胡話嗎？這個世界哪來「精靈」那種東西啊！

「是我親眼看到的喔。」

卿少朗陷入美麗的回憶中，他閉上眼睛，耳邊彷彿掠過多年以前那個午後的微風，就是在那樣的一個晴朗的下午，他看到了讓他夢縈一生的紅茶精靈。

「我家後面有個小山坡，我知道媽媽有時會在那裡靜靜的喝茶。那一天，我想要找她，所以就一個人跑去了那個小山坡上，那時正好是花開的季節，就在一片白鈴蘭的花海裡，我看到了我們家的茶桌邊上坐著一個小女孩，她慢慢的在喝著紅茶……妳知道嗎？她就是紅茶精靈。」

「你怎麼知道她就是紅茶精靈？」

「嗯，是她告訴我的。」

「你啊……智商到底有多少？」

「妳不相信我的話？她真的是紅茶精靈！」卿少朗聽出了她的不以為然，他生氣了。

「人家說什麼你就相信啊？她說她是紅茶精靈，我還說我是黑桃皇后呢，你信不信？」茶詠茵對卿少朗眨著眼睛。

「我知道，妳們都以為我瘋了。」卿少朗洩了氣，「艾莉娜是這樣，連妳也是這樣。」

「那絕對是個人類，一般情況下正常人的理解應該是這樣的吧：一個小女孩，因為路過你們家好看的花圃，又看到了邊上放著香氣撲鼻的好喝紅茶，於是忍不住在那裡偷偷坐了一會兒，喝了那麼一杯，沒想到碰巧被你這個大少爺抓包，於是就撒謊說自己是紅茶精靈，她只是為了逃避闖進了別人家花園的責難而已啦！」

「哼！我才不會相信妳的胡亂猜測。」卿少朗固執的堅信自己的感覺。

「喂，喜歡胡亂猜測的人是你才對。什麼紅茶精靈？現在都什麼年代了，居然還有人信

這一套。」

「妳閉嘴。」卿少朗不願意再聽茶詠茵的話，把頭歪到一邊。

因為自己的手還被緊緊握在他的胸前，茶詠茵也無法離開，她真不敢相信這個就是卿少朗——沒想到他竟是一個會輕信天真童話的可愛傢伙，真是意想不到的純情大少爺。

「她是紅茶精靈……」卿少朗即使在夢中還是那麼的堅持。

「當然不是。」茶詠茵哼哼道。

其實茶詠茵會這麼肯定也是有原因，因為類似的事情她就做過。以前小時候常跟經商的爸爸到處跑，每個地方都不會住得長久。有一次搬去的地方，離屋子不遠處有個小山坡，她那個時候就特別喜歡去那裡玩。因為那個小山坡總是開著好看的花，而且也常常飄來吸引人的蛋糕香味。

茶詠茵還記得自己有一次就在那個神秘的山坡後面發現了一桌好吃的茶點，想也沒想就跑到那桌子旁邊，看著那裡擺著的蛋糕盤子，不禁狂吞口水。旁邊並沒有人，但桌子上的確擺著香氣逼人的蛋糕……禁不住誘惑的她當時腦子裡想的是：就算我拿走一塊也不會有人發現蛋糕少了吧？

最後，沒能忍受住誘惑的茶詠茵偷吃了蛋糕。

至今還能記得那齒頰留香的美味，她幸福的回憶著，還有吃完蛋糕後自己喝到的那杯好喝的茶，也非常的棒呢！

不過後來發生了什麼事？她皺眉繼續努力回想著。對了，就在她喝茶喝得正香的時候，好像被一個男孩發現了她的偷吃行為，還很凶的指著她問「妳是誰」……

——咦？！

茶詠茵的眼睛瞪得老大，她不禁望向躺在沙發上的卿少朗。

——喂喂，不會吧……

茶詠茵張著嘴，對了，當時她對那個突然出現的男孩很不以為然，於是還大言不慚的跟對方說自己是那個啥來著……

「紅茶精靈」——就是這麼來的呀？！

茶詠茵不禁「哇！」的一聲大叫，站了起來，因為動作太急，連身後的椅子都被她撞得砰一聲彈到地上去。

「妳幹嘛啊？」被吵醒而不悅的卿少朗轉過頭來怒視她。

「呃……沒事。」茶詠茵一臉冷汗。她心虛的把椅子搬回原位，說：「你繼續睡。」

「怎麼可能睡得著。」卿少朗煩惱的說。

「還在想你的紅茶精靈嗎？」茶詠茵試探的問。

「嗯……我也想過妳剛才說的可能性，妳說她是人類的話，那應該就會長大吧？我記得當年她看起來就跟我差不多大，要是這樣算起來的話，現在她應該長得跟我們學校的女生們一樣了呢。」

「哦，是啊。」茶詠茵倒不否定，因為——紅茶精靈的確是個人類，而且就坐在你的面前啊！

現在，她有個煩惱：這個事實倒是告訴他好呢？還是別告訴他好呢？

真為難……要是讓他知道她就是當年那個為貪吃一個蛋糕而對他撒了謊的女孩，他會有什麼反應？

「妳說，我要不要去找她呢？既然她在我家附近出現，那表示她住的地方不會太遠，要說她就在我們學校就讀的可能性也挺高的。問題是，我又不知道她叫什麼名字，而且過了這麼多年……」卿少朗居然開始認真的考慮起來。

「人海茫茫，一定找不到的啦！而且那個女孩說不定已經搬走了，就算沒搬走也不一定會在我們學校呀。」茶詠茵擺了擺手，雖然卿少朗的推測詭異的與事實吻合，但其實她這幾年根本就沒有在固定的地方居住過，這次會回到這個城市、進了這間學校，也只是單純的巧合而已。

「妳的態度真奇怪。」卿少朗懷疑的盯著茶詠茵看，「明明剛才還很積極遊說我應該主動些的，現在卻對我說些潑冷水的話。」

「有、有嗎？！」她的視線瞟到別處去。

「妳是不是有什麼事情瞞著我？」

「沒有。」

「看著我的眼睛再說一次『沒有』看看。」

「哎呀！已經十一點了！」茶詠茵跳起來焦急的說：「宿舍要關門了！我要回去啦。」

「喂！茶詠茵！茶——詠——茵！」不能動的卿少朗在沙發上大叫著茶詠茵的名字。

完全無視卿少朗的鬼叫，茶詠茵自己打開門，回過頭來說：「我幫你反鎖，這樣關上門後外面的人就打不開門了，放心啦，申蘺也進不來的，你到時候能動了就自己走吧？我先走了，拜拜。」

「別扔下我不管啊！還有，妳到底有什麼事情瞞著我？！喂！」

只聽見無情的關門聲音，卿少朗未及說出口的投訴全部都被擋在門的另一邊了。

茶詠茵撫著胸口呼了一口氣。

——為什麼我要想起來啊！讓它成千古謎案也就算了，為什麼要想起來自己就是那個混帳的紅茶精靈！

——會相信這世上真有紅茶精靈的那傢伙也絕對有問題！

茶詠茵離開舞會大樓的時候，回頭望上三樓的某個房間，卿少朗一定對自己的舉動感到很憤怒吧，居然就這麼把他一個人扔在那裡了……

但煩惱的事情並沒有糾纏茶詠茵太久的時間，因為回到宿舍寢室的時候，她就充分感受到疲倦的威力而爬上床睡覺去了。

打工者也是要有假期的

第二天，神雪學園依然充滿著朝氣的迎來了全新的一日。

正常回到B區教室裡上課的茶詠茵，卻因為昨天在舞會待了太長時間導致睡眠有點不足，歪著頭在課上打瞌睡。

下課的時候小綾問她：「喂，某人的女朋友，妳最近和少朗大人相處得怎麼樣了？」

「沒怎麼樣。幹嘛啊？」茶詠茵覺得奇怪。

「切。」小綾很失望，「還以為妳很快就會被甩的。大家都期望著這一天快點到來。」

「……讓妳們失望了真不好意思。」茶詠茵撓了撓頭。

「趕快分手吧。」小綾祝願。

茶詠茵嘟了嘟嘴，就算是被人詛咒自己趕快失業也不是件值得高興的事吧。

不過，打工的錢都有好好的記錄在記帳卡上，因此她現在也算有點小錢，不用再擔心生活費，而且即使是B區餐廳的昂貴套餐她也點得起了，這還是非常值得高興的。

但最大的問題卻是，自己的時間全沒有了……這樣想起來的話，除了上課以外，她幾乎所有的時間都貢獻給卿少朗，非常的不自由，想擠點時間做點什麼自己的事情也不可能。就算是打工，也該有個休息日什麼的吧？

下次就去跟卿少朗提提意見吧！這樣想著的茶詠茵，開始計畫接下來的週末要到什麼地方去玩一下放鬆放鬆，要不要約童童一起去野餐什麼的呢？

中午的時候，茶詠茵自己一個人去了學園餐廳。一般平時這個時間，她都得去卿少朗那裡報到，但是今天卻收到卿少朗的一封手機簡訊，說他中午有事不會在學校，所以她也就不必「工作」了。

難得可以自由半天，茶詠茵在學園餐廳點了最貴的套餐打算慰勞一下自己。她挑了個沒什麼人注意的角落坐下，等待著美味的食物送上來。但在美味的食物到來之前，卻有人先到達了她所坐的那一桌，並占據了她對面的位置。

「喂，餐廳裡有很多其他空位吧。」茶詠茵看到那個面不改色就坐下來的人，抱怨道。

「我在這裡不認識其他人，只認得妳。讓我搭一下桌子也不會怎麼樣啊。」霍蓮笙說。

「你不認識這裡的人，可是這裡的人全認識你！你想害我啊？還有，你們S區的餐廳不在這邊，你幹嘛跑過來啦！」

「我來找妳呀。」

旁邊已經開始有人朝這邊指指點點了，茶詠茵已經預感到自己原本可以平和的享受一頓安靜美好的午餐時光，完全被面前這個傢伙破壞殆盡。

「找我幹什麼？」茶詠茵問。

「妳不是說我們不算是朋友嗎？我是不知道妳對朋友的標準是什麼，不過為了表示一下我的誠意，我請妳吃飯好不好？」霍蓮笙說。

「哈？」她完全不理解這傢伙的行為有什麼意義。

「我說得還不夠清楚嗎？我想和妳交朋友啊。還是說，妳對朋友有什麼特別的條件？」

「我沒聽錯吧？」她瞪大眼睛看著霍蓮笙，「你幹嘛要當我的朋友？」

「因為我從來沒交過像妳這樣的朋友——或者說，我沒試過交身分跟我如此不相稱的朋友。」霍蓮笙認真的說。

「你是專門過來找我吵架的嗎？」茶詠茵不爽的問。

「我只是好奇而已，卿少朗不是和妳相處得挺好？為什麼妳就覺得我是個壞人？妳這樣不公平吧。」

「事先聲明，我是不會幫你追求艾莉娜小姐的。」

「別把我想得幹什麼事都有目的性好不好？我真的只是單純的想和妳交個朋友而已。」

「你可是話劇社的，誰知道你在演哪一齣。」茶詠茵吐槽。不過她想了想，毫不客氣的把帳單遞給他，「多謝請客。」

「不客氣。」霍蓮笙倒是大方的接過。

「喂，我最新的一部戲劇這個月十五號公演，要不要來看？」霍蓮笙問茶詠茵。

「我受不了你的那些肉麻臺詞，反正我也看不懂。」她的回答真是一點面子也不給。

這時，兩人各自點的餐相繼送上來了。

「別這麼說嘛！我有聽取妳的意見，劇本改動了很多地方，妳來看看，妳會覺得完全不一樣的！」

「請我吃飯還兼請我看戲？感覺像個陷阱啊。」

「我怎麼覺得是妳對我有偏見？」

「我又不是有名的影評家什麼的，就算我去看了也不會給你的戲劇帶來什麼聲譽的。」

「只是想聽聽普通觀眾的觀後感而已，這不過分吧？」

就在兩人說著話的時候，和茶詠茵同班的幾個女生特別親暱的捧著托盤靠了過來。

「呃，詠茵！原來妳在這裡吃飯呀，真巧呢，我們一起坐吧！」

「是呀，大家一起吃飯才熱鬧，詠茵妳說是不是？」

茶詠茵還沒來得及說上什麼就已經被她們擠到桌子最外端去了，大家坐下後話題立即轉移到了霍蓮笙身上。

「詠茵妳真是的，蓮笙學長來了也不跟我們介紹一下！」

「是嘛是嘛！蓮笙學長你好，我是和詠茵同班的小玉，我很喜歡看學長的戲劇喲！」

「蓮笙學長，我是和詠茵很熟的好朋友叫靈兒啦，你還記得我嗎？上次你們辦的試演會我也有參加！還拿到了蓮笙學長你的簽名呢！和你握過手的那個，你記不記得？」

明明平時在班裡話都沒說過幾句，這時候倒來裝熟人，可是茶詠茵又不能趕她們走，只好低頭吃飯。

霍蓮笙一直被幾個女生纏著問東問西的，臉色有點掛不住了，頻頻望向茶詠茵的方向。不過，茶詠茵倒是沒有意思要幫他解圍，甚至她還在心裡吐槽：這傢伙試過一次以後就不敢再來B區的學生餐廳了吧？哈哈！就讓他親身領教一下愛慕者的瘋狂好了！

像是看到了之前幾個女生成功進占了茶詠茵和霍蓮笙這一桌的例子，數分鐘後便引起了連鎖反應，餐廳裡各方的女生都朝茶詠茵這一桌進發，企圖搶占一個座位，可憐的一張桌子越圍越多認識或不認識的同學們，越發嚴重超載了。

「詠茵妳真幸運！不但獨占了少朗少爺，還有蓮笙大人妳也認識，真是太狡猾了吧。」

「快點說啦，蓮笙大人這次過來找妳有什麼事？」

大家都追問著茶詠茵。

——鬼才知道他過來打算幹什麼！

茶詠茵只好這樣說：「他過來……宣傳自己的新劇。」

「哇啊！有新劇上演嗎？我要去看！」

「我也要！我也要！」

大家興奮起來，直到吃飯結束，女生們的聲音都不曾停止過。

好不容易才結束掉這吵鬧不已的午餐，霍蓮笙對大家簡短的說聲「抱歉，還有事」，就拉起茶詠茵跑了。

「你們B區的餐廳真恐怖！」這是霍蓮笙唯一的感想。

「那就別來。」這是茶詠茵唯一的勸告。

「……」

茶詠茵和霍蓮笙走在散步道上，幸好午休時間散步道上沒多少學生經過，不然大概又會重演一次剛才的慘況。

「我已經下定決心了。就像妳說的，我要光明正大的對艾莉娜展開追求。」霍蓮笙說。

「那很好啊。」不過這種事，幹嘛特意跑來跟她說？

茶詠茵想了想，莫非他是想透過自己，把這個意思傳達給卿少朗？畢竟卿少朗也是艾莉娜的前任男友，霍蓮笙大概是想對卿少朗正式表態——「既然你決定放棄那就別怪我出手了」這樣嗎？

「那天妳跟我說的話，我想了很久。」霍蓮笙倒不知道對方腦子裡裝了這麼多的念頭，他繼續說道：「妳說得很對，愛情是沒有捷徑的，一切都得靠自己去爭取。我以前就是太被動，其實就算是艾莉娜跟卿少朗在一起的時候也好，我也應該勇敢的向她表達自己的想法才是，錯過了機會就不再來，我不應該退縮的。」

「你的想法還真是一下子積極了很多呢。」

「這都是因為妳點醒了我，或許妳說那番話的時候並沒有想過把我當成朋友，但是我卻覺得，我從妳身上學到不少。」

「呃？你這樣說還真是讓我不好意思。」茶詠茵撓了撓臉頰。

「原本我並不太相信卿少朗是真的喜歡妳才和妳在一起的，不過，現在又似乎可以理解了一些。能問一下嗎？妳和卿少朗平時約會都在什麼地方？」

「這個……」

這個問題真的把茶詠茵難倒了，他們明明一次正式約會都沒有過啊！

「我是想用來做參考。第一次約會，對女孩子來說挺重要的吧？」霍蓮笙居然也有臉紅的時候。

「如果對方是艾莉娜小姐的話，不是應該去一些高級一點的地方比較好嗎？說起高級的地方，應該是你比我更瞭解才是啊。」茶詠茵說。

「但是我覺得高級的約會地點並不能真正打動艾莉娜的心，畢竟這些對她來說反而顯得過於平常了，所以我才想瞭解一下普通人的約會一般是什麼樣子。」

「普通人的約會一般也差不多是那樣啊！其實形式並不重要啦，只要兩個人在一起高興就行了，就算是沒有錢，只要是兩人的話，去逛逛公園什麼的也會很滿足，因為是和自己喜歡的人在一起呀！」

「是嗎？」低下頭的霍蓮笙似乎在思考著什麼。

分別的時候，霍蓮笙朝茶詠茵點了點頭道：「今天謝謝妳了。」

「你不用這麼客氣，我也沒幫上什麼忙。」茶詠茵擺了擺手。

「不，妳願意聽我說話已經讓我覺得很高興了。再見。」

霍蓮笙走了之後，茶詠茵突然有種這個男生很孤獨的感覺，如果他有可以傾訴的人，應該就不會找她說這些話了吧？這麼想來的話，他也真是有點寂寞呢。

明明自己曾跟他說過「我和你不是朋友」的重話，但如今不知不覺間，她卻有種已經把他當成是朋友看待的感覺了。

◆※◆※◆※◆

日子又繼續不平靜的過了幾天，同學們因為那天在學園餐廳難得見到了霍蓮笙本尊，接下來幾天圍繞在茶詠茵身邊的女生們話題少有的脫離了卿大少爺，而在霍蓮笙的身上熱鬧了一陣。

「喂，詠茵同學。」小綾雖然依舊看茶詠茵不太順眼，不過倒也不似一開始時那麼的抗拒她了。或許是「習慣成自然」在發揮著力量，就算對茶詠茵無故成為卿大少爺的女朋友而不高興，但一段時間觀察下來，他們兩個好像也沒有什麼進展的樣子。

「什麼事？」茶詠茵以為小綾來找她是為了班費的事情，因為除非是關於班上的公共事務，否則小綾現在很少會主動和她說話。

「接下來就是連續一星期的黃金連休假期了，每年S區都有集體活動，這次妳也會跟他們一起去嗎？」小綾問。

「S區集體活動是什麼？」

「就是類似於集體旅行什麼的吧？聽說前幾年都是出國旅遊呢，我們B區去年也搞過一次這種活動，但是因為經費問題，後來取消了。不過S區的話，錢倒就不成問題了。」小綾有點惋惜的說。

「哦……」茶詠茵應了一聲。

「妳還沒回答我呢，妳會去嗎？」

「我為什麼要去啊？我又不是S區的。」

「但妳是卿少朗的女朋友吧，去年跟妳一樣擁有S區特許通行資格的童童也有參加呢，估計今年她也會去的。這麼好的機會，妳不可能不去吧？」

「我又沒有錢可以去玩。」茶詠茵心想：連童童的事，小綾都調查得這麼清楚啊？真不愧是神雪學園的情報專家呢。

「是嗎？真可惜呢……」小綾像是得到滿意的結果似的笑了笑，看她的樣子倒一點也不覺得茶詠茵不去真的是件可惜的事情。

——為期一個星期的黃金假期啊……真好呢。

茶詠茵突然想到，既然卿少朗要去旅行，那自己豈不是等於放長假了？哇啊！這可是超爽的一個黃金假期呢！真是太令人期待了～

不過她又想，為什麼從來沒有聽卿少朗提起過要去旅行的事呢？今天過去S區休息室的時候，她順便問一下好了。

放學的時候，終於趕在自習的最後一分鐘把作業都做完，茶詠茵收拾好書包，去S區報到了。

推開休息室的門，她就看到卿少朗對著桌面上的一張紙在沉思著什麼。

「你在幹什麼？」茶詠茵把書包朝沙發上一放，朝對方走了過去。

「妳過來看看。」卿少朗拍了拍自己一直在看的那張紙。

茶詠茵瞧了紙上的內容一眼，她說：「不就是兩套衣服的樣式嗎？值得你這麼煩惱？」

「我在想，生日的那一天要穿哪一套好呢？」

「咦？你什麼時候生日？」

「下個月。」

「那不是還很久嗎？」

「不久了，一個多月也就只夠妳稍微構思一下該送我什麼樣的生日禮物而已。」

「哈？」茶詠茵轉過頭去。

「哈什麼哈，妳是我女朋友，妳送什麼給我將會成為大家注目的焦點耶！妳可要給我多花點心思，少丟我的臉。」

「這種時候不是應該你準備好禮物，然後再交給我來送給你比較符合實際情況嗎？」

「哪一對情侶會對送給對方的禮物先做暗箱操作的？」

「但是……」他們又不是真的情侶。茶詠茵抓了抓頭髮，哀號道：「我想不到要送什麼啊！『不丟臉的禮物』那豈不是很貴？送禮物的錢可以報銷嗎？」

「不可以。」

卿少朗的話像千斤重的錘子直往茶詠茵的頭上砸下來。

算了，反正還有一個多月的時間，到時再去煩惱禮物的事情好了。她想起了今天過來的重要事情。

「對了，你們這次的黃金假期是不是要去旅行呀？」

「是的。妳這麼快就知道了？不過地點還沒定下來，肯定是要先辦護照的，到時我通知妳吧。」卿少朗說。

「哈哈，真好呢！」茶詠茵高興得笑不攏嘴了，「那就祝你玩得開心一點啦！」

「說什麼傻話呢。」卿少朗對茶詠茵莫名的興奮感到不解，「妳是第一次出國吧？很多事情都要事先準備。對了，明天帶證件照過來給我。」

「呃？為什麼？」

「替妳辦護照啊。不然妳想偷渡過去？」

「咦咦咦！我也要去嗎？！」

「當然了。本少爺每年都會帶不同的人去，今年輪到妳了，快感謝我。」

「我不去。」茶詠茵堅持的說。

這倒讓卿少朗呆了一下，他說：「很多人都夢想有這種機會呢，妳也別任性了。」

「我不想出國。」

「為什麼？」

「那個……氣候不適應啊，還有語言不通什麼的……總之會很麻煩啦！」

「又不是要妳搬過去住。」

「反正我不要去啦！」

「妳是在擔心旅費嗎？」

「……」茶詠茵沒答話，這的確也是問題之一呢。

「錢不是問題！」

「問題是沒錢！」

「都說了不用妳付，這算是妳工作期間的費用。」

「這可不行。」茶詠茵嚴肅的用雙手打了個大叉，「我是不能接受這樣的『工作福利』的，如果是旅遊的話，我一定得自己付自己的旅費！但是出國的費用太高了，我是不可能會去的，而且……」

「而且？」卿少朗已經被茶詠茵一開口就拒絕的態度搞得非常不悅了。

「而且……我也該有個正常的假期了吧？」茶詠茵說。

「假期？」卿少朗自顧自的坐到沙發上，瞪著努力為自己爭取著的茶詠茵。

「是的，假期。不論是什麼樣的打工，都應該有正常休息的假期啦！之前都沒有好好跟你說過這件事，本來這次的旅行就只是你們S區的活動，我不去也無所謂吧？就趁這段時間讓我放個假如何？我覺得這要求很合理。」

「嗯……原來妳想要放假啊……」卿少朗抵著下巴想著。

茶詠茵緊張的等待著卿少朗的審判結果，終於，卿少朗下了決心說——

「好吧，既然妳那麼不願意，我也就不勉強妳了。這次旅行的計畫就這樣取消吧，改為讓妳放假。」

「真的？！太好了～～」茶詠茵歡樂的轉了幾圈，能爭取到假期真是太棒啦！今天晚上她就要回去好好計畫一下這個黃金假期要怎麼利用！

事情就這麼定下來了，茶詠茵帶著愉快的心情等待著週末黃金假期的來臨。

可能因為難得遇到好事，茶詠茵即使是白天上課的時候都整天笑咪咪的。

下課的時候，有個別班的人來找茶詠茵。

「咦？原來是童童啊！」茶詠茵在被叫到班外的時候才看到來找自己的人並不是別人，正是那個小天才設計師童童。

「茶茶，妳的護照辦好了嗎？」童童問。

「哦，妳在說旅行的事嗎？我不參加，所以不用辦護照了。」茶詠茵說。

「咦？妳不去嗎？！」童童相當失望，她握著茶詠茵的手說：「人家還以為路上可以有個伴的，妳為什麼不去啊？少朗大人他知道嗎？」

「嘿嘿，因為比起旅行，我更想要好好的放個長假。」她笑著拍了拍童童的肩膀，「妳就盡情的玩得開心點吧。」

「那好吧，我會買禮物給妳的。」原本打算來找茶詠茵商量旅行事宜的童童只好依依不捨的離去了。

而茶詠茵所期待的黃金假期，終於如願到來了。

◆※◆※◆※◆

這天，茶詠茵睡了個久違的大懶覺，直到中午十一點才精神滿滿的起了床。

今天是假期的第一天，外面的天氣很好，茶詠茵看了看時鐘，這個時間卿少朗應該已經在飛機上面了吧，後來聽說他們S區決定的旅行地點是倫敦，而且要去五天，那麼就是說，她這五天都可以完全不受干擾的想幹什麼就幹什麼了。

今天就高高興興的去野遊吧！話說她自從來了神雪學園之後，都還沒好好到外面真正痛快的玩過呢。

揹上昨晚就收拾好的行裝，茶詠茵戴上了小草帽，出發了。

她一路上哼著小調，一邊從宿舍區朝校園大門外走去。遠遠的，就看到了校門外的牆邊上倚著一個人。

大概是在等人吧？因為放假期間，很多學生情侶們也會相約出去玩樂，估計那就是在等著哪位漂亮女朋友的男生呢。

當茶詠茵快要走到校門口的時候，沒想到那個一直倚在門邊的男生卻對她開口說話了。

「喂，我在這裡喲。」男生對詠茵的視而不見打了個招呼。

詠茵這才轉過頭去，在看清楚了站在那裡的人是誰之後，她指著對方張著嘴巴幾乎說不出話來。

「你……你……你……」她深吸了一口氣才能把接下來的話喊出來：「你不是去了旅遊嗎？！為什麼會出現在這裡！」

「什麼啊，妳要本少爺一個人去旅遊嗎？那多沒面子，所以我就取消計畫了，不是早就跟妳說過了嗎？妳這麼驚訝幹什麼？」

站在那裡的不是卿少朗還有誰呢？

這樣想起來，他之前的確有說過「這次旅行的計畫就這樣取消吧」的話，但她一直以為他是打消了讓她一起去的念頭而已，沒想到是連他自己也取消不去旅遊了。

「但是！你也有說過取消了旅行計畫，改為讓我放假的吧！」茶詠茵說。

「是啊，我的確有這樣說過。」卿少朗點頭。

「那就好！我現在沒空陪你玩，反正我還在放假中。」她挺起背，直接走出學校大門。

但是卿少朗卻自動跟了上來。原以為他會遵守承諾，沒想到茶詠茵走出了好一大段距離，他還在後面跟著。

「喂……」茶詠茵忍無可忍的轉過頭來。她說：「你不是答應了讓我放假嗎？你這樣算怎麼回事？」

「我的確是答應讓妳放假沒錯，現在開始就是妳的假期了。但是呢，身為妳的男朋友，放假的時候陪在女朋友身邊也是很應該的，妳不覺得這樣的我很體貼嗎？」

「這樣跟我在你那裡打工時有什麼分別？！」

「NO、NO、NO。」卿少朗搖著手指不同意，「當然不一樣。現在因為不是『打工中』，所以一切都是妳說了算，而且最重要的是——這段時間裡我不會付錢給妳。」

「這不是更糟糕的情況嗎！」茶詠茵捂著頭。

「好了，現在親愛的，妳想去哪裡？今天妳想去哪裡都可以哦～」

「別跟我裝親密！」

「什麼嘛，真見外。我們可是男女朋友耶～」

「男女朋友你個頭！今天我在放假！」

卿少朗跟著茶詠茵一路沿著校外的路走了出去。當然，期間還是有不少同樣離校的學生們對這一對過分活潑的情侶報以注目禮。

卿少朗像塊橡皮糖一樣，茶詠茵根本就甩不掉他，最後只好任由他跟著了。

原本打算到野外郊遊的計畫也因為卿少朗的出現而被搞得一團糟。因為沒走上多少路，那個傢伙就開始抱怨了：「茶茶，妳不是真的打算一個人走到郊外去吧？我還是把車子叫來好了，這樣走路會死人的。」

「累了你就回去。並沒有人邀請你來。」茶詠茵賭氣的說。她就是要讓他累著才故意走這麼多的路。

「妳真是固執。」卿少朗並不打算如她的願。

這兩人又走了一小時，這回連茶詠茵也快抗不住了。

卿少朗問：「怎麼？要車嗎？」

「不要！」

「哦。」

兩人像是跟對方比拚誰的體力更好似的，硬是執拗的走了下去。

終於，在茶詠茵拿著帽子不停的為自己搧風的時候，對卿少朗說：「我突然不想去郊外了，那邊有個公園，我們去公園玩也是一樣的。」

卿少朗看了她一眼，說：「怎麼？走不動了？我還可以再走一、兩個小時沒問題。」

這人是怪物啊？！茶詠茵心裡極度不爽，明明一早大叫著再走就會死人的可是這位大少爺啊！一開始想要叫車子的也是這位大少爺啊！這時候他裝什麼裝！

茶詠茵帶著滿腔的挫敗感，帶著卿少朗這個趕也趕不走的傢伙中途轉到市民中央公園。

契約終止

公園裡步道的兩旁都是高高的樹，太陽的威力就減弱了。迎面吹來的風也非常的舒爽，茶詠茵終於有點活過來了的感覺。

挑了一處乾淨的大草坪，她放下背包，舒服的伸了個懶腰。

「這裡視野真好，就在這裡吃午餐吧。」她決定。

「咦，居然碰到熟人呢。這個世界真是太小了。」在茶詠茵旁邊的卿少朗這樣說道。

「熟人？」

茶詠茵正在草地上鋪開自己帶來的墊子，不知道卿少朗在說誰。她好奇轉過頭去看時，只覺得所有倒楣的事情都可能會在這一天內發生。

不遠處，正有一男一女兩道身影在慢慢的朝他們這個方向靠近。一般情況下，情侶在公園裡約會也是非常普通的事情吧，可是這朝著自己緩步走近的兩人卻是茶詠茵也認得的「熟人」——霍蓮笙和艾莉娜。

「別去打擾人家啦！」

茶詠茵拉了拉卿少朗的衣袖，怎麼看那兩個人都是在約會中吧？而且她腦海裡也浮現出早前霍蓮笙來找她時所說過的話，他是打算對艾莉娜展開正式追求，但為什麼他們這麼多約會的地點不挑，偏偏要挑這座公園啊！

如果只是自己遇到那兩個人就算了，她會很識時務的裝作看不到他們兩人而不去多做打擾，但偏偏在這裡還有個唯恐天下不亂的卿少朗，在她想要阻止他之前，卿少朗已經朝著那兩人揮著手叫道——

「嗨！真巧呀，你們也來這裡約會嗎？」

迎面走過來的兩人這時才發現，原來卿少朗和茶詠茵也同在這座公園裡。

霍蓮笙的表情雖然掠過了一絲驚奇，但很快就重新平靜了下來。倒是艾莉娜呆住了，她對於茶詠茵和卿少朗的出現，似乎比較意外。

「你真是多事……幹嘛叫住他們啊……」茶詠茵低聲在卿少朗耳邊指責道。

「有什麼關係。人多才熱鬧。」卿少朗說。

「你可是艾莉娜的前男友耶，到底知不知道自己什麼立場？就知道給別人添亂！」

「什麼啊，就算是前男友，反正被甩掉的那個是我，我本人都不介意了。」

「……」真不知道該怎麼說他才好。茶詠茵只好裝出笑臉面對走過來的兩人。她打著哈哈：「真巧啊……哈哈。你們也在這裡散步呀？」

「是的。沒想到會在這裡遇到詠茵小姐呢。」

艾莉娜這時也恢復了常態。她看了看卿少朗說：「真想不到你們會在這裡出現，我記得以前少朗最不喜歡來這種公園之類的地方了。」

「我曾經有表示過討厭公園嗎？」卿少朗還真的開始認真回憶著。

「呃，我們正好打算在這裡野餐，要是兩位不介意的話就一起吧。」茶詠茵說。

「那會不會麻煩到妳？」艾莉娜客氣的問。

「不麻煩，反正茶茶帶了很多食物。」卿少朗老實不客氣的打開了茶詠茵的背包，自顧自的把裡面的東西一樣一樣翻了出來。

「那我們就不客氣了。」霍蓮笙見艾莉娜有意留下，也同意了這個提議。

四個人就這樣坐上茶詠茵鋪在草地上的薄墊子，開始了野餐活動。

「對了，S區不是在旅行嗎？為什麼蓮笙學長和艾莉娜小姐會在這裡出現的？」茶詠茵一邊吃著布丁，一邊這樣問兩人。

霍蓮笙看了一眼艾莉娜，他說：「因為莉娜對旅行沒什麼興趣，想留下來休息，於是我就陪她留下來了。」

原來是這樣嗎？茶詠茵疑惑的看了一眼艾莉娜。

但艾莉娜只是望著遠處的湖邊，沒有說話。

「真巧呀，這傢伙也是吵著說不想去旅行，所以我只好留下來陪她了。」卿少朗用手指戳了戳茶詠茵的額頭。

「少朗真的很寵妳呢，詠茵小姐。」艾莉娜轉回頭，笑著對茶詠茵說。

「哈……哪有。」茶詠茵假笑著。

——明明是把我難得的假期弄得面目全非的可惡傢伙！現在還得為了他不得不在這兩人的面前扮演親密情侶，這算什麼？回去得要他給雙倍加班費！

四個人聊著閒話，中途茶詠茵怕食物不夠，就支使卿少朗到附近的便利商店買多點零食回來。

卿少朗不是太情願的說：「便利商店離這裡好遠啊。」

「哪有很遠，不就是在直路的盡頭拐彎的地方而已嗎？」茶詠茵說。

「眼睛看不到的地方就是遠。」

「明明從這裡就可以看到，你眼睛到底是近視幾百度？！」

「妳陪我去。」

「怎麼可以把客人就這樣扔在這裡？」

「有什麼不可以的，這裡又不是我們家。」

「……」茶詠茵想了想也是，自己或許應該趁這機會留一點時間給霍蓮笙和艾莉娜這對新發展的小情侶才是。

「好啦好啦，快點站起來，我和你一起去。」茶詠茵把卿少朗扯走了。

「我說，妳是不是在撮合他們兩個？」

在去商店的途中，卿少朗這樣問茶詠茵。

「沒有，不過霍蓮笙的確是有說過要對艾莉娜小姐展開追求，從今天的情況看來，他說的可是真的哦。」茶詠茵說。

「哼。看他們的樣子很快就會玩完。」卿少朗對兩人的戀情發表自己的看法。

「你其實是在吃醋吧？」茶詠茵瞄了卿少朗一眼，不以為然的說：「艾莉娜小姐這麼快就有新的追求者，我說你也別跟我玩什麼契約情人的把戲了，趕快找個真正喜歡的女孩子戀愛去吧。」

「……」卿少朗少有的沒有搭話。

從便利商店買回了一大堆儲備糧，回到野餐的草地上時，卿少朗突然提議：「剛才走回來的時候，看到湖那邊有租小船的，看起來好好玩，等會要不要去划一下小船？」

「你會划船嗎？」茶詠茵對此表示懷疑。

「妳不會嗎？」卿少朗反問。

「……你該不會是在指望我划吧？」茶詠茵臉上浮出黑線。

「哈哈哈！那個看起來這麼簡單，而且我這麼聰明，一學就會啦。」卿少朗自信爆滿。

「怎麼樣？妳想玩嗎？」霍蓮笙對這個提議好像挺感興趣，畢竟這樣就可以和艾莉娜單獨在同一條小船上呢，這對他來說也算是個不錯的機會。

「嗯……」艾莉娜雖然並沒有表示過大的熱衷，但好像也沒有反對。

於是四個人吃完了東西之後，收拾好背包就起程到公園的小船外租部。

租下了兩艘小船，卿少朗和茶詠茵同坐一艘船，霍蓮笙則和艾莉娜同坐一艘船。

在兩個男生的划動下，小船慢慢的離開了湖邊。霍蓮笙的技術比較好，他和艾莉娜的那艘船早就遠遠的滑到了湖心，拋離卿少朗和茶詠茵他們了。

「喂……我說，怎麼划了五分多鐘了，我們好像還是在同一個位置轉圈啊？」茶詠茵望著不遠處的湖邊問，剛才出發的棧道還近在眼前。

「這艘船有點問題。」卿少朗把責任都推到船上。

「這艘船和霍蓮笙他們坐的那艘是同一款！別裝作什麼都不關你事！」

「都怪妳沒選好號碼啦，這船是四號耶，四號很不吉利妳知不知道？」

「你的人生難道就沒有四歲？這麼不吉利的歲數你沒有順利掛掉嗎？」

「霍蓮笙載著美女，當然有動力划船了。妳對我溫柔一點，船也會動起來的。」卿少朗撇頭說。

「這兩件事完全沒有任何邏輯關聯！」

「要不妳來試試划一下？」

「我來就我來。」茶詠茵接過了船槳。

茶詠茵接力之後，船果然穩健的朝前滑進了。

卿少朗不禁讚嘆：「平民的力量果然是很強大的。」

「你就承認你沒有霍蓮笙的能力強吧。做你女朋友的傢伙還真可憐。」茶詠茵吐槽。

「哎~別這麼說嘛。我又沒有划過船，多划幾次我技術也會變好的。」

「剛才是誰說自己很聰明，一學就會的？」

「記憶力太好的女生不招人喜歡啊，茶茶。」

卿少朗乾脆躺在了船上，享受著涼風在湖面吹拂；茶詠茵划著船飄蕩在湖面，因為是休閒的划著，所以也不算太費體力。

看著霍蓮笙和艾莉娜的小船已經越行越遠了，跟茶詠茵和卿少朗所在的地方相距了大半個湖面。不過，還是可以看得出霍蓮笙和艾莉娜在船上親密的交談著什麼。

希望兩人能順利發展起來就好了……這樣想著的茶詠茵低低的說：「其實他們兩個人很相配啊！」

「妳說誰？」卿少朗把蓋在臉上的草帽拿開，那帽子還是茶詠茵帶來的。

「蓮笙學長和艾莉娜小姐。」

「會嗎？」卿少朗歪頭看著遠處的小船。

「你不覺得嗎？霍蓮笙這麼喜歡艾莉娜小姐，他們在一起才會幸福吧。」茶詠茵嘆了一口氣，突然想到什麼似的，她對卿少朗說：「其實，你現在也沒必要讓我再當你的女朋友來報復艾莉娜小姐了，人家都比你早一步重新投入戀愛，你已經輸了啦。」

「誰告訴妳我要報復她了？」卿少朗再次把帽子蓋回臉上。

「不是嗎？」茶詠茵看著帽子，卻看不到下面卿少朗的表情。

「那為什麼你非要找一個人來扮你的女朋友呢？」她其實一直以來都很想問這個問題。

「……」卿少朗沒有回答。

就在茶詠茵以為他永遠也不打算開口說話時，幽幽的聲音卻又從帽子的後面傳了出來。

「艾莉娜她啊，曾經說過我是一個很不切實際的人。」

茶詠茵安靜的聽著。

「我曾經跟她說過小時候見到紅茶精靈的事情。她說，那都只是我自己在腦子裡幻想出來的東西，那一切根本就不存在。那個時候的我卻堅信著自己所看到的一切都是真實存在過的，可是艾莉娜總是在否定我，我們還經常會為這些事吵架。我不知道女孩子的心是怎麼想的，艾莉娜是一個很有自己想法的人，或者她覺得我太幼稚了也說不定。」

「那一陣子『紅茶精靈』簡直成了她的禁語，別說是提起那四字了，就是哪怕我有一瞬間的閃神讓她懷疑我有在回想都不被允許。在不斷的爭吵中，我也不太確定自己到底是不是錯了……或許正如她說的那樣，我腦子裡的那一切都是幻象、都是虛假的回憶、都是我自己製造出來欺騙自己的事物……但是艾莉娜的堅決，有時讓我覺得她並不僅僅是在否定那些不確定的存在，而是……她是在徹底否定我本人。」

「在我遇到的這麼多女孩裡，其實艾莉娜是最接近那個影像的……我的紅茶精靈。雖然我不知道她現在變成了什麼模樣，但是我想，或許她就在我的身邊，或許她變成了另外一個完全陌生的女孩……她會變成什麼樣子呢？我真的很想知道。有一段時間，我希望她就是艾莉娜……但我也清楚知道，艾莉娜永遠不會願意成為紅茶精靈的。」

卿少朗拿走了蓋在臉上的帽子，放到了胸前，手放開。隨即帽子被風一吹，飄到了湖面上。茶詠茵看著帽子越飄越遠，再也撈不回來了。

「我想，沒有任何一個女生會願意成為別人幻想另一個女生時的替身。」茶詠茵多少能理解艾莉娜的想法。

「是啊。我知道。」卿少朗閉上眼睛。

「如果你是真的喜歡艾莉娜的話，徹底忘掉紅茶精靈又會怎麼樣？」

「不可能……那已經成為了我人生中的重要回憶，哪怕是假的。」

「那麼這跟你隨便找個女生來當你女朋友有何關係？」

卿少朗睜開眼睛，突然坐了起來，小船因這意外的舉動而晃了幾下。

「其實妳也有點像。」卿少朗對茶詠茵說。

「像……啥？」茶詠茵不敢與他正視。

自從某事在她心底被揭發了之後，她對於紅茶精靈的一切話題都不禁表現出心虛。

「紅茶精靈呀。」卿少朗側著頭不停的打量著茶詠茵。

「你在看什麼啊！我臉上又沒有黏上怪東西……我一點也不喜歡喝紅茶！又怎麼可能會是紅茶精靈？」茶詠茵叫道。

「嗯……也是。」

卿少朗失望的躺了回去，喃喃的說：「妳根本就不懂分辨紅茶的種類，硬要說妳是精靈的話，也只會是零食精靈什麼的低級品種吧。」

「我就是愛吃零食怎麼了！這也礙到你啊？！」茶詠茵生氣了。

「說到底，你只是放不下這個無聊的遊戲而已。」她下了定論，「因為艾莉娜總是否定紅茶精靈的存在，所以你在徵募一個假女友，你要自行培養一個紅茶精靈的範本並假設與她戀愛成功，你要證明給艾莉娜看，就算是投射著虛假幻想的愛情也是可以有幸福結局吧？」

「不過，真可惜吶！你這樣做只是自欺欺人罷了，從你打算用契約換來愛情的那一刻開始，你就知道這一切都是假的，就算你成功騙過了艾莉娜、騙過了所有人，那又如何呢？你騙得了你自己嗎？最後否定了這一切的不就是你自己嗎？」

茶詠茵收起了船槳，小船就這樣在湖面上輕輕蕩漾著不再前進了。

「所以……」茶詠茵深吸了一口氣，終於說了出來：「把它結束掉吧。我們的契約，不應該再以這種方式繼續下去了……一切就讓它結束掉吧。」

卿少朗呆呆的望著天空。良久，他才吐出一句——

「是嗎……也到了該結束的時候了呢。」

當茶詠茵和卿少朗的船回到岸邊的時候，霍蓮笙和艾莉娜的小船早已經歸還給租賃部。等茶詠茵把最後的船也歸還了之後，四人便一同離開了湖邊。

霍蓮笙和艾莉娜走在前面，兩人延續船上的良好談話氣氛，繼續聊著什麼；卿少朗和茶詠茵落在後面，兩人卻相約似的不發一言。

和之前的兩人相比，氣氛明顯不對，霍蓮笙覺得奇怪。

「你們兩個怎麼了？怎麼下船之後就一句話也不說了？」霍蓮笙問卿少朗和茶詠茵。

「該不會是在船上時發生了什麼吧？」艾莉娜也打趣道。

卿少朗還是不說話，茶詠茵只好出來打圓場：「沒事，只是我們都有點暈船，說出來也真是不好意思，不過再過一會兒應該就沒事了。」

「原來你們兩個都是暈船的體質啊，怪不得划得那麼慢。」霍蓮笙取笑道。

「……」茶詠茵和卿少朗只好默認了。

四人一路沿著小路走，時間也過得差不多了，於是大家都打算回去學校。

而這個時候茶詠茵心裡想的卻是，以後不能再從卿少朗那裡打工賺取生活費了，這樣的自己就要趕快再重新找到下一份打工才行。當然，能再一次找到這麼高薪的打工的可能性基本上是零，但是因為之前也累積了不少錢，所以短期內生活費也不算過於緊張，新工作可以慢慢找。

雖然沒有了這份工作是有點可惜，但是契約結束掉的話，對卿少朗和自己來說都比較好吧？她不希望卿少朗被他自己製造出來的條約所束縛，他應該更正確的面對自己的感情。

「解除契約」的話題說完後的第二天，卿少朗果然沒有再出現了。

但是，茶詠茵看著原本計畫好的黃金假期計畫表，卻突然失去了玩樂的興趣。

她收拾好行李回家小住了幾天，連茶爸爸也奇怪總愛到處跑的女兒怎麼會在這麼難得的假期待在家裡面發呆。

◆※◆※◆※◆

假期結束後，茶詠茵再次回到了學校。

神雪學園並沒有改變，改變的只有自己的心情。她從今天開始就不再是卿少朗的女朋友身分了，估計小綾班長知道的話一定會高興死了；放學之後也不再需要急著去S區報到，以後有大量的自由時間可供支配……

茶詠茵嘆了一口氣，突如其來的解放有時真會讓人覺得有點空虛。

童童在中午的時候，約了茶詠茵到學園餐廳吃飯。

「這是旅行回來的禮物。」童童把包裝漂亮的小盒子遞給她。

「哇，謝謝！是什麼東西？」茶詠茵高興的接下。

「不是什麼太貴重的東西啦，只是一瓶香水而已。我好像沒見妳有擦香水的習慣呢，但是妳不是得陪在少朗大人身邊嗎？我覺得妳多少還是需要擦一點啦。希望這個味道他會喜歡。」童童捂著嘴巴笑。

「那個……」茶詠茵不知道怎麼跟童童開口才好。她支支吾吾的說：「其實……我和卿少朗，已經分手了。」

契約結束就是分手了吧？

茶詠茵抓了抓頭髮，一臉抱歉的說：「難得妳帶這麼好的禮物回來給我，我卻搞砸了事情呢。我已經被少朗大人甩了啦。」

「什麼？」童童捂著嘴巴偷笑的表情立即變成了捂著嘴巴瞪眼睛。

「是發生了什麼事情嗎？」童童小聲的問道。

「發生什麼事情……也算是吧。總之，就是他厭倦了……之類。」她總不能把契約的事情和盤托出，只好胡亂編了個理由。

「這樣啊……真可惜。」童童以為茶詠茵正在失戀中，也替她有點難過起來，「我之前一直覺得少朗大人挺喜歡妳的，還以為你們會發展得很順利。抱歉，我並不知道……之前還跟妳說了那些話……」

「不用說抱歉的。這個香水我也很喜歡，以後一定有機會用到的啦！」茶詠茵反過來安慰童童。

「妳是不是覺得很難過？」童童問。

「難過……？」

自己算不算難過呢？她也很難說清楚自己的立場，因為並不是真正的情侶關係，所以分手本來就是契約的最終結局，只不過現在是提前結束了而已。

「只是覺得心情有點複雜吧。」茶詠茵說出了自己此刻心中的感受。

「如果以後妳需要找人傾訴的話，就來找我吧。我一定會好好聽妳說的。」童童拍著胸口保證。

「謝謝。」茶詠茵的心裡暖暖的，她和童童的關係又更進一步了。有朋友的感覺真是非常好啊！

下午有隨堂英語小測驗，茶詠茵趁著下課時間又拿著筆記多看了一些資料，之前因為所有的課餘時間全部貢獻給了卿少朗的打工，基本上都沒有多少心思放在復習上面，成績不上不下的。

就趁這個機會一口氣把成績趕上來吧！茶詠茵對自己打氣道。

放學的時候，茶詠茵慢慢的收拾著書包，平時這個時間她總是匆匆忙忙的趕去S區，現在不需要趕時間，反倒覺得不太適應。她看著手裡的那枚鑽石徽章，也該找個時候把它還給卿少朗了。

小綾本來在和幾個女同學聊著天，這時看到茶詠茵坐在座位上呆呆看著手中的鑽石徽章在出神，她走了過去問——

「喂，詠茵同學，聽說妳被少朗大人甩掉了，是真的嗎？」

茶詠茵抬起頭來，疑惑的看著小綾。她雖然知道這事遲早會傳遍整個神雪學園，只是沒想到會這麼快。

「別小看我們少朗大人後援會的情報網，少朗大人在黃金假期根本沒有參加旅行呢，聽說他第一天的時候還跟妳一起出去玩，不過後來就完全不理妳了，你們吵架了吧？」小綾笑咪咪的，看起來很高興。

「是的，我被甩了，那又怎麼樣？」茶詠茵沒好氣的回道。對於這件事，她也沒打算隱瞞，反正也瞞不了多久。

「居然是真的？！」小綾驚呼道。

這讓茶詠茵有點意外，原以為小綾知道她被卿少朗甩了一定會迫不及待來嘲笑自己，沒料到小綾卻一臉心事重重的樣子。

「果然B區的女生還是不行嗎？」小綾低低呢喃著，失望的看著茶詠茵。

原來小綾是在為B區的自己失敗而覺得可惜嗎？茶詠茵有點失笑。

什麼時候這個後援會變成了茶詠茵身後的一支偵察隊？她們觀察並緊緊跟進茶詠茵與卿少朗的戀情發展，一邊希望茶詠茵失敗，又一邊暗暗希望茶詠茵能成為B區成功的典範……她們的心情也有夠複雜的。

小綾回到了之前的女生小團體裡，把這個消息散布了出去。不出半日，整個神雪學園都會知道茶詠茵已經被甩掉的消息了。

或許是知道了茶詠茵對她們再無威脅，小綾後來倒沒有再事事針對茶詠茵了，相反的，作為卿少朗後援會領頭人的她還對茶詠茵重新展現了熱情。茶詠茵是個活寶藏，對於曾經如此接近少朗大人的這個女生，她的情報才是真真正正的第一手資料啊！

因此，茶詠茵再度受到了女生們的熱烈追捧，大家課餘時總是圍著她，要她講述舊情種種——以前被冷落的時候茶詠茵還沒這麼煩惱過，現在成了人氣中心反而讓她倍受煎熬。

卿少朗也如同履行他那天承諾過「也到了該結束的時候」的話一樣，之後再沒找過她。茶詠茵覺得自己不去S區的話，就的確不再可能見到他了。

——只要把這枚鑽石徽章還給他的話，就算是真真正正的了結了吧。

茶詠茵站在S區的鐵圍欄外，緊握了一下這枚閃閃發光的徽章。

◆※◆※◆※◆

卿少朗的休息室裡靜悄悄的。

茶詠茵看著已經快有一個星期沒有來過的這個熟悉的地方，曾經有一段時間，她幾乎天天來這裡報到，聽卿少朗說著那些奇奇怪怪的想法和計畫。

而最後，她還是沒能完成使命——「妳的任務就是擊敗我的前女友」，當初卿少朗是這樣要求的。

在這裡的時間雖然不算長，卻有著很多很多的回憶。今天過後就再也不可能回到這裡來了，茶詠茵不禁摸著牆壁，慢慢環繞著這個不大不小的房間走著。

就是在這裡，她慢慢的熟悉了卿少朗這個人；就是在這裡，她第一次被要求以女朋友的身分參加S區的舞會；就是在這裡，她第一次見到了童童，還與她成為了好朋友；就是在這裡，她第一次走進了那個女孩們都夢寐以求的衣帽間，穿上了令自己化身為公主的舞裙……還是在這裡，她第一次以那樣劇烈的心跳迎接了卿少朗封印的一吻。

但是，即使是封印，也會有被解開的一天吧……

嶄新的追求

雖然一切只不過發生在不久之前，但現在卻感覺像是很遙遠似的。茶詠茵不知道該如何解釋心裡那種空落的感覺。

她還沉浸在往日的回憶中，這個時候門被打開了。

卿少朗推門走了進來，一眼就看到了站在窗邊的茶詠茵。

「妳來了。」

卿少朗好像沒有對茶詠茵為何還會出現在這裡有絲毫的驚訝，相反的，他只表現出與往日看到她時的普通態度，彷彿她會出現在這裡再正常不過似的，就像平日她過來打工一樣。

「我是來歸還這個東西的。」茶詠茵走到卿少朗的身邊，把鑽石徽章遞給他。

卿少朗看了一眼徽章，說：「這東西已經送給妳了，妳留著吧。」

「這……不太合適吧。」她原本想說的是，這枚徽章搞不好以後還可以轉讓給你的新女朋友什麼的，但轉念一想，卿少朗會交到B區的女朋友只不過是個意外，如果他不打算再玩什麼契約遊戲的話，基本上這枚徽章還真是沒什麼作用了。

「每個徽章都有晶片在裡面，記錄著使用者的個人資料，這樣可以防止冒用，妳不知道嗎？所以就算妳不要它，它也不能轉讓給別人。」卿少朗說。

「咦？這東西有這麼先進嗎？」茶詠茵把那枚徽章拿起來細看，她還是第一次聽到這種事，「但是當初你把它給我的時候不是這麼說的吧？」

她記得當時卿少朗還說過這徽章在契約結束的時候得交還回去，要是不慎把它弄丟的話要賠鉅款什麼的，那難道只是恐嚇的話嗎？

「妳也不用想太多，就當它是契約不正常終止的賠付好了。」卿少朗一邊說著，一邊走到了茶櫃旁邊，為自己沏了一壺紅茶。

茶詠茵看著鑽石徽章，不知道該怎麼辦。當然，她要歸還的東西還包括這間休息室的銀鑰匙。

「分手之別，陪我喝杯茶如何？」卿少朗讓茶詠茵坐到沙發的對面，把其中一杯散發著熱氣的茶杯擺到她的面前。

「可惜是妳所不喜歡的紅茶。」卿少朗遺憾的說著。

「……」茶詠茵無言的拿起茶杯，輕啜了一口。

「如果妳以後過來這邊玩，可以繼續使用這間休息室沒關係，所以鑰匙妳也留著吧。」

「這怎麼可以。」

「妳別擔心，反正我以後應該不會常在這裡。本來我的活動範圍就不在這邊，只是這陣子因為交了妳這個契約女朋友，才把這邊當基地而已。」

茶詠茵說不出口她根本就不打算再來S區的決定。這或許會讓對方感覺自己的好意被違逆了吧。

「妳以後有什麼打算嗎？」卿少朗問。

「我會重新再找一份打工，這段時間謝謝你的照顧了。」茶詠茵點頭道謝。

「要我介紹工作給妳嗎？」卿少朗笑著問。

「這個……就不必了。」茶詠茵立即拒絕。不知為何，只要一看到卿少朗那個笑容，她就有預感他不會介紹給自己什麼像樣的好工作……

「是嗎？真可惜。我還想說妳或許會有興趣當我的陪讀什麼的，打工的錢很豐厚呀。」

「繼女朋友之後是找陪讀嗎？你到底有完沒完！」

「我突然間變成一個人會很不習慣耶。」

「你這麼閒就不會去找點有意義的事情來做？」

「什麼事情才算有意義啊？」

「好好唸書……那個之類的，畢竟你還是學生啊……」茶詠茵這樣說的時候也不太有底氣。什麼事情算有意義呢？光顧著打工賺生活費的自己在課業上也只是草草應付就算了，這時候還真沒有立場來對別人說教。

「那我也跟妳一樣去打工好了。」

「你知不知道自己是誰？誰會敢請你呀大少爺！」

「要不妳請我吧？」

「我才沒那個閒錢！再說了，你什麼都不會做吧？」

「妳這是在小看我嗎？我會做的事多著呢。」

「那說來聽聽，你最擅長的是什麼？」

「我最擅長——討女孩子歡心，這算不算？」

回應卿少朗的是迎面飛去的沙發抱枕。

茶詠茵站起來說：「我要回去了。」

「呃？妳這麼快就走啦？時間還早呢。」卿少朗失望的說。

「我不是來打工的！」茶詠茵無情的關上了休息室的大門。

於是，算是勉強「和平分手」的那一天過後，神雪學園關於卿少朗再度回復單身的消息就像號外一樣滿天飛，眾女生們歡欣鼓舞猶如學園慶典一樣。

童童不時前來問候茶詠茵。

「妳真的沒事吧？」童童看著一臉無精打采的茶詠茵。

「我的樣子像沒事嗎？」茶詠茵指著睡眠不足的眼睛給童童欣賞。

「果然失戀的威力很大啊……」童童同情道。

「什麼失戀的威力？再找不到新的打工，我的生活費就要坐吃山空了。」茶詠茵煩惱的卻是另外一件事。

「打工？妳想找打工嗎？」童童問。

「嗯。」茶詠茵呆呆的望著天空，她已經試過好幾個打工面試了，校內的打工機會競爭很激烈，校外的話，別人一看她是神雪學園的學生就覺得她不可靠，可能認為會唸貴族學園的學生多少都是抱著玩玩看的心態吧，那些不缺錢的學生又怎麼會認真的對待工作呢？

「要是妳不嫌棄的話，可以幫我打工哦。」童童說。

「咦？」茶詠茵意外的看著童童。

「妳也知道我是做服裝設計的，以前都是我一個人在做啦，不過現在學校裡找我做衣服的同學增加了，我忙不過來，如果妳肯來幫我的話，我會很高興哦！我會付妳合理的工錢。」

「哇啊！童童妳真是我的大恩人！」茶詠茵捧著童童的雙手感激得淚流滿面。

就這樣，茶詠茵順利找到了新的打工機會，而且還是個相當不錯的打工呢，看來好運終於要來了。

「對了，這個月蓮笙學長有部戲劇在禮堂公演耶，茶茶妳要不要去看？」童童問。

「戲劇什麼的我看不太懂啦！不過他是有邀我去……」茶詠茵說。之前霍蓮笙來B區找她的時候，臨走時的確給了她一張邀請券。

「那我們就一起去看看啦！」童童高興的搖了搖手上的票券說：「我可是很喜歡蓮笙大人的戲劇哦！每次他有公演我都會去看的，可以算是他的超級Fans哦！」

「嗯。」既然童童這麼希望自己陪她去，茶詠茵也就答應了。

◆※◆※◆※◆

到了戲劇公演前一週，學校的廣場上掛出了禮堂活動海報，上面寫有霍蓮笙所製作的那齣戲劇，瞬間便成為了大家爭相討論的話題。

因為這次公演的禮堂是設立在公共區，並不屬於S區或是B區專有，所以誰想去觀看都屬於自由購票範圍，並不受限制。而雖然說有一週的售票時間，但事實上半天之內票就已經全部賣完了。

到了公演那一天，整個神雪學園的氣氛都變得熱鬧了起來。

禮堂外面早就已經擠滿了學生。童童約好了跟茶詠茵在廣場的鐘樓下面碰頭，茶詠茵找到了童童之後，兩人開始聊起了這次的戲劇。

「對了，茶茶，妳的票座位在哪裡？因為我們不是一起買票，大家的座位可能會離得有點遠呢，要不我們看看有沒有人肯跟我們的交換一下。」童童說。

「我的座位？我還沒看過……」茶詠茵連忙把自己的票掏了出來細看，好像上面根本沒有寫座號。

「咦？為什麼我的票看起來跟妳的不一樣？」童童也拿出了自己的票來跟茶詠茵對照。

「我也不知道，這票是霍蓮笙給我的。」茶詠茵說道。那傢伙該不會是在耍她吧？

「哇啊！茶茶！」童童一把搶過茶詠茵的票大叫著：「妳怎麼會得到貴賓票？！妳和霍蓮笙大人是什麼關係？！」

「咦？！」茶詠茵也摸不著頭腦，她可從來沒想過自己手上的票有這麼特別。

「這種票想買也買不到耶！妳真是太幸運了，嗚嗚嗚……我好羨慕妳啊……」童童抱著票妒忌得要痛哭了，「明明妳不喜歡看戲劇的！為什麼反而會有這麼好的票啊？真是太不公平了！」

「要不……我和妳換吧？」茶詠茵安慰著童童。

但童童卻搖了搖頭，「不行，貴賓票是有人名對照的。妳瞧，這上面寫著妳的名字呢。」

茶詠茵拿過票來一看，果然在上面某一欄位裡寫著自己的名字。老實說，自霍蓮笙把票送給自己以來，她一直都沒有仔細看清楚過這票長什麼模樣。

「對、對不起……」茶詠茵也不知道該怎麼安慰童童才好了。

「如果妳能幫我向蓮笙大人拿到簽名的話，我就原諒妳。」童童擦了擦眼睛。

「我會盡力的……」她只好硬著頭皮答應了。

兩人一起到了禮堂門外，因為持有貴賓票的客人有特別的通道，所以茶詠茵和童童只好分開進場了。童童依依不捨的看著走向了貴賓區的茶詠茵，一臉的羨慕狀，搞得茶詠茵心裡想著早知道如此當初決定不要來就好了。

貴賓區設在前排，位置也比較舒適，椅子也是豪華的特製款。茶詠茵果然在椅子的背牌上找到了屬於自己的那一張。

「真是好大的排場啊……簡直比電影的首映會還要誇張。」茶詠茵坐下後喃喃自語著。

貴賓區的客人陸續進場。茶詠茵好奇的左右張望著，果然，在離不遠的地方她看到了艾莉娜。

艾莉娜小姐被安排在最理想的中間位置，果然是身分不一樣的女朋友專座呀！茶詠茵心裡想著，霍蓮笙一定很希望她能好好觀賞到自己的作品吧？

因為貴賓席的椅子都是雙人連座的，大部分的客人都已經進場落坐了，就連申蘺也在貴賓的受邀之列。和她一起來的是位非常帥氣的高大男生，看起來對她百依百順，不知道是哪一位學長這麼不幸啊？茶詠茵盯著申蘺和她的男伴在雙人座上坐下後便竊竊私語起來，男生顯得相當殷勤，但申蘺卻一臉愛理不理，跟她對著卿少朗時的態度完全不一樣。

霍蓮笙當然是陪在艾莉娜的身邊了，他進座時看到茶詠茵，還朝她搖了搖手打個招呼。茶詠茵點頭示意他不用客氣，霍蓮笙便照顧艾莉娜去了。

客人差不多都已經進場完畢，茶詠茵看著自己旁邊空著的一個座位，不知道是哪個失禮的傢伙這麼遲還不進場，因為在戲劇開始時才進場的話勢必會影響到別人，那是相當不禮貌的行為。

燈光開始暗了下來，表演就要開始了。

在茶詠茵的注意力放到臺上的時候，身邊那空著的座位終於有人落坐。好奇旁邊這個遲到大王到底是誰的茶詠茵，轉過頭去——卿少朗大大的笑臉就映在她的視線中。

「我們又見面了呢，茶茶。」卿少朗開心的說。

茶詠茵捂著前額，對了啊，她怎麼會想不到呢？這裡的座位都是雙人座，而且名單又是一早就安排好的，在霍蓮笙把票拿給她的時候，她那陣子還掛著「卿少朗女朋友」的身分呢，所以座位的安排理所當然就會把他們兩個擺在一起了。

「你好啊。看你這麼高興的樣子，一定是日子過得超爽吧。」她不得不應酬起這個「前男友」——不對，應該說是「前BOSS」才是。

「沒有妳的日子我過得好寂寞，離開我的這段時間妳有沒有想念我？」卿少朗問。

「拜託別隨口就說出這種讓人想歪的話來！」茶詠茵低叫道。這傢伙真應該站在臺上表演，她保證霍蓮笙寫的臺詞都沒有這傢伙說出口的那麼肉麻！

「我說的都是真的啊！」卿少朗一臉受傷的表情。他說：「茶茶，妳要不要考慮一下回到我的身邊來？」

「你這個花花公子給我閉嘴！」

「耶？茶茶妳怎麼會這樣說，和妳在一起的時候我明明從來都沒有花心過。」

「你的黑歷史有一大堆，要不要列印出來給你看？」

「嘖，還是不行嗎？」卿少朗遊說失敗，只好轉回頭去看臺上早已開演的戲。

茶詠茵決定接下來專心看戲，霍蓮笙那麼有誠意的邀請自己來觀看，他也很期待能聽聽自己看完的意見，她不可以辜負他的期待。

但是，身邊坐著個卿少朗，她實在無法平心靜氣的把心思放在臺上。那鼓動著的情緒讓她有點心神不寧，明明已經跟他沒有任何關係了，但為什麼就是那麼在意他的一舉一動呢？

這樣的自己真是太奇怪了。

「喂，我說——」臺上的戲劇還沒演到十分鐘，卿少朗就打斷了茶詠茵的思路，「妳有順利交到新的男朋友了嗎？」

茶詠茵不作聲。只要不理他的話，這個傢伙就會自討沒趣的安靜看戲了吧？

「嗯，一臉失落的樣子呢，那就是沒有吧？」卿少朗自行解讀茶詠茵的沉默行為，他同情的說：「也是呢，有我這麼一個出色的前任，誰也不敢追求妳的啦！哪個男生能和我比呀？他們一定是自慚形穢的自動退場，沒有自知之明的人妳也看不上的啦！」

「誰會在跟前任分手不到一星期就馬上交到新的情人啊？你以為所有人都是你嗎！」茶詠茵緊握著拳頭，還是忍不住轉過頭去跟卿少朗理論起來，「還有，誰才沒有自知之明啊？像你這種人才沒有資格說這個詞！」

「茶茶妳真是太激動了。」卿少朗握著茶詠茵放在椅背上的手，「這樣對身體不好。」

「你這個變態要幹嘛？！」茶詠茵立即把手抽了回來。

「反應不對哦。」卿少朗把臉湊到茶詠茵的面前，說：「當我握起女孩子的手時，她們的反應大多是臉紅或是想要暈倒在我懷裡，沒有人會罵我是變態的。」

「能夠面不改色說出這樣的話，就已經足夠證明你是個變態了。」茶詠茵冷冷的說。

「茶茶妳真的很特別誒。」卿少朗抱著肚子笑。

「……」莫非又被他戲弄了？茶詠茵一臉鬱悶。

「我真好奇呢。」卿少朗的聲音忽然變得認真，黑暗的環境裡讓茶詠茵一時無法分辨出他的真正表情。只聽見卿少朗的聲音響在了耳邊：「如果我說，現在開始我要正式追求妳的話，妳的反應又會是怎麼樣的呢？」

茶詠茵呆住了。

因為卿少朗說了個可怕的笑話，所以她呆住了。但是卿少朗的臉就近在咫尺，她幾乎可以從那雙近距離的眼睛中看到了某簇跳動著的火焰。

——一定又是在戲弄我吧？

茶詠茵在心裡這樣思考著。這傢伙最擅長的就是玩弄別人的心了。甜言蜜語都是假的，在他的心裡，根本就沒有任何可以容納愛人的空間，因為他只愛他的紅茶精靈。

「別拿我開玩笑。」茶詠茵略顯粗魯的把卿少朗過近的身體推開。

「我沒打算跟妳開玩笑。」卿少朗的確沒有在笑的意思。

「我不是任何人的替身。我不是艾莉娜小姐，更不會是紅茶精靈。」茶詠茵哼了一聲。

「沒有人指望妳是。況且……」

卿少朗上下看了看茶詠茵，他說：「要做艾莉娜小姐的替身妳還差得遠，紅茶精靈的話就更別想了。」

「你是來找我吵架的嗎？！」她真想撲過去掐死他。

「又生氣了，真是的。」

卿少朗捂著一邊耳朵逃避茶詠茵的噪音。他指了指霍蓮笙的方向說：「妳瞧，主人家都擔心妳要把他的場子砸了哦。」

茶詠茵這時才發現，不遠處的霍蓮笙和艾莉娜果然都在望向了自己的座位這邊。不只他們，應該說整個貴賓區的客人都看過來了……都怪自己剛才的聲音太大了，失態的樣子早就落入了別人的眼中。一下子臉燒得像爐子一樣紅的茶詠茵，不好意思的低下了頭。

「這都怪你啦！」茶詠茵低聲抱怨。

「我說的話就有這麼讓妳驚嚇嗎？」

卿少朗摸了摸茶詠茵的頭髮，聲音像安慰著小孩子似的溫柔：「對不起啦，明知道妳的脾氣還故意這樣逗妳，我也有不好的地方。」

「拜託你專心看戲吧。」她不想再理他了。

「好啊，妳就專心看戲吧。」卿少朗握住她的手，「我看妳就好了。」

一整場戲下來，茶詠茵根本就沒搞清楚過臺上的演員們都演了些什麼，因為整個過程她都忙著與卿少朗抗衡！卿少朗沒有一刻消停過，這讓她想完全忽視坐在自己身邊的這個人都不行。

掌聲響起的時候，她才驚覺臺上的戲已經結束。演員們謝幕時朝觀眾彎腰行禮，觀眾們也都全體站立起來熱烈的拍手，可見這齣戲的演出相當成功，可惜茶詠茵完全無緣欣賞其中的精彩了。

「都是因為你在旁邊搗亂，害我一點也沒看到這齣戲在講什麼。」茶詠茵失望的望著走向臺下的演員，轉頭埋怨卿少朗。

「我知道這齣戲在講什麼哦。」

卿少朗拿出之前入場的小冊子，指著上面的簡介說：「上面不是有寫內容嘛？反正就是一部關於愛情的迷茫選擇題，女主角一直在拒絕男主角的深情追求，這很不好。」

「說得好像你有認真看似的，你跟我一樣沒看到內容吧！」茶詠茵一手搶過了卿少朗手中的冊子丟到椅子上。

就在兩人還吵鬧個不停時，霍蓮笙和艾莉娜已經過來他們這邊了。

「詠茵小姐。」艾莉娜朝茶詠茵打了個招呼。

「怎麼樣，兩位對我這次的作品有什麼看法和建議嗎？」霍蓮笙也笑著問兩人。

「啊……」茶詠茵張著嘴，這時候叫她如何評價呢？總不能說她根本就沒看到戲吧，這可是霍蓮笙專門邀請她來觀看的。

「演得真好啊！」卿少朗稱讚道。他倒不像茶詠茵那麼的拘謹，反正他說起謊來是完全不需要準備的。只見卿少朗拍著胸口說：「看到演員們的深情演出，真是讓我太感動了。蓮笙啊，你是怎麼寫出這麼棒的劇本來的？真是讓我太意外了。」

霍蓮笙被卿少朗稱讚得有點不好意思，他轉過頭望向詠茵，問道：「真有那麼好嗎？」

明明知道卿少朗在亂說的茶詠茵，此刻也只好微笑應和著說：「真的真的，我也看得很感動啊！這是一部關於愛情的迷茫選擇題，女主角一直在拒絕男主角的深情追求，真是讓人心痛呢。」

卿少朗挑著眉望向茶詠茵，茶詠茵保持著對霍蓮笙的笑容別過頭去，到了這個地步她也只能無恥的抄卿少朗的臺詞來用了。

「真是太好了！我還擔心觀眾們會不喜歡。」霍蓮笙說。

「怎麼會呢？你看，今天觀眾們的反應都非常棒，這就證明你的作品是真的感動了很多人。」艾莉娜溫柔的對霍蓮笙說。

艾莉娜的一句稱讚，就把卿少朗和茶詠茵都比下去了。這也是當然的，茶詠茵明白艾莉娜在霍蓮笙心目中的地位比任何人都高得多。

「對了，現在時間還早，不如一起去寶石廊坐一坐聊聊天好嗎？」霍蓮笙提議道。

寶石廊就是S區的那間高級茶座俱樂部，以前茶詠茵也從卿少朗手中得到過附屬卡，不過自兩人「分手」後，她就沒有再去過一次了。

「好啊。」答應得最爽快的是卿少朗，他攬過茶詠茵的肩膀說指著她說：「這傢伙最愛吃那裡的草莓蛋糕啦！」

「咦……我也要去嗎？」茶詠茵驚奇的問，一邊奮力掙脫卿少朗的親密舉動。

「詠茵小姐不肯賞臉嗎？」霍蓮笙笑著問。

「希望詠茵小姐也能一起來。」艾莉娜上前拉著茶詠茵的手說。

被艾莉娜握著手的茶詠茵臉上一下子就紅了，她實在無法拒絕這麼溫柔的邀請。

於是四人便去了寶石廊茶座。

◆※◆※◆※◆

美味的茶點擺在四人的面前，大家討論了一會兒霍蓮笙的戲劇，這讓茶詠茵成為其中發言最少的成員，就連卿少朗都可以面不改色發表出似是而非的評論，但誠實的茶詠茵卻無法讓自己說出言不由衷的話來。

幸好關於戲劇的話題大概堅持了十五分鐘就結束。茶詠茵不禁偷偷的鬆了一口氣，但是她高興得太早，因為接下來的話題讓她更不願意談論。

「最近，我聽到了一個奇怪的傳聞呢。」霍蓮笙輕描淡寫的開了個頭。

「現在整個神雪學園都在謠傳說詠茵和少朗已經分手了，這到底是怎麼回事？」艾莉娜關心的問道。

茶詠茵背後一涼，幹嘛偏偏挑這個時候來問這敏感話題啊……

不過，該來的還是會來的……她痛下決心，那就乾脆趁這個時機好好的把事情說個清楚吧。就按原來的劇本，她清楚的說出自己被甩的事實就好了，或許他們會擔心她，但只要過一段時間就會好了，大家自然會慢慢的淡忘這件事，反正她也不過是一個無關重要的人物罷了，脫離了卿少朗的關係，應該很快就會再度成為普通的學生而不被關注了吧。

「我被茶茶甩了哦。」在茶詠茵還沒開口之前，卿少朗已經搶先一步回答了，不過他倒是一點「被甩」的傷心表情也沒有，反而戰意滿滿的說：「所以我現在很努力的在爭取讓茶茶回心轉意。」

「你在說什麼？」茶詠茵轉頭望向卿少朗，她叫著：「別亂說一通啦！」

艾莉娜和霍蓮笙都意外的看著爭吵的兩人。

「你們看，就是這樣。」卿少朗朝對面的兩人攤了攤手。

「莫非你們吵架了嗎？」霍蓮笙問。

「才不是。」茶詠茵擺手。

「那為什麼你們之間的態度會變得這麼奇怪呢？」艾莉娜疑惑的看著兩人。

「我們性格不合，所以……」

茶詠茵還沒說完，卿少朗就插嘴了：「我覺得我們超合的。」

「別越描越黑了！」茶詠茵生氣的捂住這個多嘴的傢伙，然後急急的對霍蓮笙和艾莉娜說：「就像外面的傳說一樣！我們已經分手了，所以這個話題就打住吧！」

霍蓮笙和艾莉娜兩人面面相覷。茶詠茵則瞪著卿少朗，卿少朗只好不再說出什麼擾人視聽的話。

或許是茶詠茵激動的發言影響了氣氛，接下來大家都沒怎麼再聊天，艾莉娜也只是沉默的喝著茶，眼睛望著茶杯，思緒卻不知飄到哪裡去。倒是卿少朗和霍蓮笙討論著一個S區的什麼活動，而茶詠茵也無從插言。

分別後，霍蓮笙和艾莉娜先行離去。卿少朗因為要送茶詠茵回去B區，所以他們走的是另一條路。

「剛才你幹嘛要那樣說？」茶詠茵質問卿少朗。

「剛才我說了什麼？」

「你還裝傻！我們的契約明明已經結束了，為什麼你還要那樣說啊！這樣到了明天又會有奇怪的傳言冒出來的。」

「我只是在說我心裡想說的話而已。」

聽到這句話，茶詠茵停住了腳步，望著卿少朗的背影。她問：「是因為艾莉娜在，所以才要那樣說嗎？」

「什麼？」卿少朗回過頭來。

「因為你不想輸給艾莉娜，所以才不肯承認已經和我分手了，因為你不想承認自己的失敗——你還是抱著那種奇怪的想法，所以才會那樣說的不是嗎？」

卿少朗看著茶詠茵。茶詠茵卻低著頭沒有看他。

「妳是這樣想我的嗎？」卿少朗平靜的問。

「……」茶詠茵沒有回答。

「如果妳要說我是因為不想承認失敗而不願接受已經和妳分手的事實，這一點我承認。但是，這絕對不是因為我不想輸給艾莉娜。我和妳之間的事情，關艾莉娜什麼事？為什麼會扯上她呢？」

茶詠茵抬起頭來，不明白卿少朗說的是什麼意思。

「妳還不懂嗎？」卿少朗走到茶詠茵的面前。

茶詠茵搖了搖頭，卿少朗嘆了口氣，說道：「我不想承認失敗，是因為妳這麼乾脆就能把我們之間的關係一刀了斷，只有我一個人想挽留而對方卻對此毫無知覺，這不就像是個笑話嗎？」

「你……」茶詠茵說不出話來。

「我剛才在禮堂說的話，都是出自真心的。作為一個被告白的對象，難道妳就不能給出一個正常女生該有的反應嗎？」

「我……」茶詠茵再次呆住。

這、這是什麼狀況？卿少朗說他在告白——跟她嗎？！

「妳也該告訴我答案了吧？妳到底是怎麼想的，現在就請給我一個答覆吧。」卿少朗認真的對茶詠茵說著。

這一次似乎沒有辦法把它當成是一個玩笑而敷衍過去了，茶詠茵站在原地作不得聲。

彷彿僵持了一個世紀般長久的時間，茶詠茵才低著頭慢慢吐出一句話：「對不起……」

卿少朗的表情卻有著早有預料的神色。他輕笑道：「果然是這樣嗎……」

「因為我……」她試圖解釋。

「那麼下個月二十八號，我的生日禮物就拜託妳了。」卿少朗完全不理會她的辯解。

「……啊？」茶詠茵不知道為什麼話題會跳轉得這麼迅速。

「啊什麼？下個月二十八號是我的生日，不是一早就告訴過妳了嗎？別說妳忘了！」卿少朗生氣的說。

「忘是沒忘……但是，為什麼我要送你禮物啊？」

「作為我與妳復合的重要契機，當然要慎重的選擇禮物不是嗎？」

「復合？！」她真是氣不打一處來，難道之前他們兩個人說的那一堆全都是廢話嗎？她大叫著：「你剛才到底有沒有好好聽人說話？我已經有清楚的拒絕你了吧？我們已經分手了！已經分、手、了！」

「感情這東西，說變就變的，誰知道呢？」卿少朗完全沒有被拒絕過的自覺。

這一次的談判再度以含糊不清的狀況結束。

決勝的白色鈴蘭花

茶詠茵回到B區的女生宿舍時，立即倒在了床上，只覺得全身乏力。

明明契約已經不存在了，為什麼自己還是會被那傢伙耍著玩啊？她一拳打到了枕頭上。

有人敲響了宿舍寢室的門，茶詠茵連忙下床跑過去打開。

門外的人是童童，她說：「啊，茶茶妳回來啦？從禮堂散場的時候就找不到妳了，還以為妳先回來了的，誰知道那時過來宿舍也找不到妳呢。」

茶詠茵這才想起，戲劇散場之後自己居然沒有跟童童說一聲就跟卿少朗他們跑去寶石廊了，她連忙道歉說：「對不起，後來有事又到別的地方去了，沒有事先跟妳說，讓妳擔心了。」

「沒事、沒事。」童童笑道：「妳是和少朗大人去喝茶了吧？我們班有人看到哦。我也是後來聽說的。」

茶詠茵讓童童進來坐下。童童看了看乾淨的房間，不禁讚嘆：「收拾得好乾淨呀，妳一個人住這麼好啊？這可是雙人房啊。」

「因為同寢的學生好像生病了，暫時休學中，我來的時候也沒見過她。」茶詠茵說。

「真好啊，可以獨占一個房間。」童童坐到另外一張床上。

「一個人住也很無聊啊，有時想找人聊天也很難。」茶詠茵倒對這種一個人占用整個房間的好事並不太感到興奮。

「對了，妳不是答應了要幫我的忙做設計嗎？我最近接到幾張單子，都是設計舞會用的裙子，我打算今天去買材料，茶茶妳也要來幫忙哦。」童童說。

「嗯，好啊！」茶詠茵興致高昂，她說：「我一直等著妳來找我呢。」

「因為下個月活動很多呢，所以往年這個時候的單子都特別多，要早點開始動工了。」

「哦……為什麼大家都集中到這個時候做裙子？有什麼不得了的事情嗎？」

「咦？妳不知道嗎？」童童對茶詠茵會這樣問感到奇怪，「下個月可是少朗大人的生日宴啊！每到這個月份，女生們都很重視呢，大家都是靠那一天展示最美的自己哦！」

「嗯，本來我還有點介意、不敢告訴妳的……不過，既然妳已經和少朗大人分手了，我想應該還是告訴妳比較好。事實上呢，這次下訂單的客之中人，其中就有中蘺小姐。」童童向茶詠茵說明。

茶詠茵搖了搖頭說：「我現在根本已經不想再思考那些事了，隨便誰愛怎樣就怎樣吧，卿少朗的事情我一點也不想知道。」

「我知道要妳馬上忘記少朗大人是很難，但是時間會治癒所有傷口的，加油！茶茶！」童童幫茶詠茵打氣。

「不是妳想的那樣啦……」茶詠茵雖然對童童的好意心存感激，但童童把她和卿少朗的關係歪曲成那樣，她也實在是沒有辦法解釋清楚。

因為答應了在童童手下工作，茶詠茵在接下來的日子也變得相當忙碌。每天下課她就跑到隔壁班去跟童童商量材料採購的事；中午兩人也會相約在學園餐廳碰頭，畫著客人衣服的設計圖；下午放學後，兩人便一起到校外的衣料市場挑選合適的布料和飾物。

晚上童童經常會留在茶詠茵的寢室過夜，因為茶詠茵是一個人獨占了雙人寢室，反而讓童童方便把工作都帶到這邊來完成。慢慢的，童童跟茶詠茵變得形影不離了。

「申蘺小姐的要求真的很高啊。」童童躺在茶詠茵對面的單人床上，這段時間這張床都成為童童專用的了。

「怎麼了？」茶詠茵正小心的拿著剪刀，把手中的一塊布料剪開。

「今天我拿了初稿的好幾款設計圖去給她看，她都不太滿意呢。她說下個月就是少朗大人的生日宴了，那將會是她的決勝之日，她一定要穿上獨一無二並讓所有人都為之傾倒的決勝之裙。」童童說。

「哈哈，真像她的作風！」茶詠茵一邊做著手上的工作，一邊淺笑著。記得以前在申蘺自己舉辦的生日舞會時，她也說過類似的話呢。

「唉……怎麼辦啊？我真的好希望她能在那天穿上我設計的裙子啊……」童童把手臂搭在眼睛上面，鬱悶的說：「茶茶妳不知道啦，申蘺小姐很嚴格的，這一次她真的很重視，還請了好多知名的設計師為她做設計，而且申蘺小姐的品味一向都是被公認為時尚風向標的，大家都很期待看到她最終會選擇哪一個設計師的作品呢。能被她選中而穿上的話，那簡直就是無上的榮耀，等於是被時尚界女王所肯定的最高待遇！」

「如果申蘺小姐肯在這次的生日宴上穿上我做的裙子，我的設計以後就不愁沒有銷路了……不，要說是會平步青雲也絕不為過——茶茶！我真的好希望能成功！」童童對茶詠茵訴說著自己的夢想。

「嗯……」茶詠茵也知道童童對這次的設計花了很多的心思。她對童童打氣道：「我們一起努力吧！一定會讓申蘺小姐選上妳的設計的！」

「茶茶～～」童童感動的握起茶詠茵的手。

「那就趕快畫出更好的設計圖，做出讓申蘺小姐也愛不釋手的漂亮作品來吧！」茶詠茵舉起雙手來。

「耶——」童童也舉起雙手。

兩人繼續日夜兼程趕工。在接連兩、三天的通宵熬夜之後，童童又設計出了一批後備的裙子款式。

「今天一定會讓申蘺小姐下定決心挑選我的設計的！」童童抱著設計用的大畫冊本子，對自己打氣道。

「加油！我在這裡等妳的好消息。」茶詠茵送童童出門的時候，也為童童加油：「到時我們就去吃一頓好料來慶祝！」

「嗯！」童童自信滿滿的出發了。

茶詠茵也沒有放鬆，一個人留在宿舍寢室裡趕製著童童接下的其他客人的單子。

因為申蘺對很多新的設計都不屑一顧，童童這一次被篩選下來的後備設計圖相當多，而這些款式拿出去給其他客人們挑選的時候都非常的搶手，這就證明童童的設計一點問題也沒有……相反的，因為其他客人都早早定下了所要的衣服款式，所以手工製作這方面也可以提早展開，反而比預計中更早完成了任務。

現在手上的單子所剩無幾，等茶詠茵手上的這一套完工後，基本上就只剩下申蘺這一個挑剔的客人了。

但偏偏童童最看重的就是申蘺的這一張單子。

「希望申蘺這次真的可以決定下來吧……」茶詠茵在心裡默默的替童童祈禱，萬一申蘺挑了別的設計師的作品，童童這麼努力的心血就白費了。

晚上，茶詠茵在學園餐廳裡預先占好了位置等童童。童童出門前就已經和她約好了，從S區回來後會在這裡碰頭。

一直焦急的等著仍然不見人影的童童，茶詠茵不知道這次申蘺到底會不會選中童童的設計。遠處的玻璃自動門打開了，下一個走進學園餐廳的學生正是童童無誤，茶詠茵立即從座位上站了起來叫住她：「童童，這邊！」

童童的氣色看起來不是很好，她看到茶詠茵後，才默默的走了過來。

好像從童童的身上就已經預感到什麼似的，茶詠茵也不敢問她結果了。

「還是失敗了。」童童的頭重重的砸在了桌面上。

「中蘺小姐已經決定了，用她家族裡高薪聘用的設計師所設計的裙子……真是讓我不甘心……」童童的聲音帶著哭音。

茶詠茵不知道該怎麼安慰童童才好。

童童這時抬起頭來忿忿的說道：「中蘺小姐明明說我的設計都很好的！為什麼就是不肯起用我的設計呢？她說我的作品雖然很好，但在裡面看不到能讓她致勝的元素！鬼才知道什麼才是決勝的元素啊，她又不對我說清楚！」

「嗚嗚嗚……我不甘心啊……」童童撲到茶詠茵的懷裡痛哭。

「那怎麼辦啊？是要放棄嗎……」茶詠茵摸著童童的頭。

「才不要！」童童掙開了茶詠茵，奮然站了起來說：「說到底她不就是為了卿少朗大人而已嗎？我乾脆直接去問卿少朗本人喜歡什麼樣的裙子好了，這樣中蘺小姐絕對會選用我的設計啦！」

「別衝動啊！」茶詠茵拉住童童。

「我這就去找卿少朗！」童童像隻小野獸似的往前衝。

「我知道卿少朗喜歡什麼樣的款式啦！妳先聽我說！」茶詠茵好不容易才把童童抓了回來，按到了座位上坐好。

「……咦？」童童這才醒了過來，她拍了拍手說：「對啊！妳可是卿少朗大人的前任女友呢！我怎麼都忘了，妳當然最清楚少朗大人的口味了！茶茶小姐！求求妳告訴我致勝的元素到底是什麼吧！」

茶詠茵擦了擦額上的冷汗，童童的力氣真是大，光是拉住她都快耗光自己的能量了。

「妳就替申蘺再設計一套裙子，不過妳要記住——這次要用白色鈴蘭花做主要元素。」茶詠茵為童童指路。

「白色鈴蘭花？這有什麼喻意嗎？」童童歪著頭。還是說鈴蘭花的花語比較特別？

「妳聽我說的去設計就沒錯。」她握著童童的雙手說：「這一次，我有信心說服申蘺，她絕對會採用妳的設計，相信我。」

「真的嗎？」童童半信半疑的望著茶詠茵，不過茶詠茵的眼神非常的堅定，讓人有一種不知不覺間也被說服了的感覺。

「知道了，茶茶，我相信妳！」童童的鬥志再度燃燒起來。

「這次不要只畫設計圖了，直接把裙子做出來吧！」茶詠茵信心滿滿的說。

「嗯！」童童點頭。

於是，兩人匆匆吃過晚飯後又回到了宿舍，挑燈夜戰趕製這新款的白色鈴蘭裙。

又過了兩個星期，日子終於越發的接近最後限期了。

茶詠茵的寢室裡傳來了童童滿足的一聲歡呼：「終於完成了！萬歲～～」

茶詠茵看著穿在塑膠模特兒身上的那條白色裙子，微笑的看著童童。

「這條裙子真的好漂亮！這次絕對能夠讓申蘺小姐回心轉意的。我這就把裙子送過去給她看。」茶詠茵說。

童童極度不捨的把裙子從模特兒的身上除下，放進預先準備好的方形大禮盒中。不過童童還是有點擔心，她對茶詠茵說：「可是茶茶，這次妳真的要幫我把裙子拿去給申蘺小姐嗎？我覺得還是作為主設計的我去比較……」

「不。我去就行了。」茶詠茵打斷童童，朝她豎起拇指道：「放心，等我的好消息。」

捧著裝有白色鈴蘭裙子的禮盒，茶詠茵大步的出發了。

◆※◆※◆※◆

久違的S區仍然是鐵欄高牆，擋住一切的外來人員。茶詠茵從口袋裡拿出了一枚熟悉的鑽石徽章，緊緊的握在了手中。

已經很久沒有使用過它了，沒想到今天卻會因為這個原因前來S區。茶詠茵不作多想，把鑽石徽章別在了胸前，直接朝S區進發。

前往申蘺的私人休息室大概花了十分鐘，茶詠茵根據童童給她的詳細地圖，終於找到了申大小姐的私人領域。

「請問哪位找申蘺小姐？」休息室的門外有人攔住了茶詠茵。

茶詠茵沒想到申蘺的休息室外居然還有專人看守，估計平時來騷擾這位高傲女神的人還真不少，就連卿少朗也沒她這麼大的架子。

「我是送設計好的裙子過來給申蘺小姐過目的。」茶詠茵雙手捧著禮盒示意。

「請稍等。」門外的人進入了休息室，過了一分鐘，他又再次從裡面走了出來，冷淡的對茶詠茵說：「不好意思，申蘺小姐說裙子已經決定了只會採用羅素先生的設計，其餘的樣式她已經沒有興趣了。」

「我認為她應該先看一看再做決定。」茶詠茵爭取的說道。

「申蘺小姐決定了的事情是不會改變的，這位小姐請回吧。」看門人的態度非常強硬。

「今天申蘺小姐不看一看我們這邊的設計的話，我是不會走的。」茶詠茵也非常強硬的說：「請你再進去一次，告訴你們的申蘺大小姐，茶詠茵要見她，要是她真的在乎卿少朗的心意，要是她還有一點想要勝出的念頭，就出來見我！」

看門的人見茶詠茵說得這麼肯定，想了想後，帶著不耐煩的表情再次走進了房間。

又過了一分鐘的時間，看門人再度打開了門，不過這次他朝門外的茶詠茵撇了撇頭示意她被獲准進去了。

「申蘺小姐同意見妳。」看門人說。

「謝了。」茶詠茵捧著盒子昂著頭走進了申蘺的休息室。

申蘺還是那麼的耀眼。她今天穿得英挺帥氣，馬靴長褲，配羊皮小坎肩，一頭閃著暗紫光華的長捲髮狂野的披落。申蘺的雙手敞開放在沙發背上，長長的雙腿則交叉搭在茶几上，用充滿譏俏的口吻向茶詠茵打了個招呼：「真是稀客呀，茶詠茵小姐。」

「妳好，申蘺小姐。」茶詠茵不卑不亢的回應道，「這是童童為妳設計的最新款禮服，希望妳能過目。」

「我沒有興趣。」申蘺瞄了一眼盒子，擺出索然無味的表情。她說：「我讓妳進來，只是單純想問妳一個問題。」

「什麼問題？」

「妳和卿少朗，真的分手了嗎？」

「是的。」

「居然能持續一個多月，妳成績不錯啊！」

一個月就算成績不錯？茶詠茵不知道這是申蘺對自己的肯定呢，還是對卿少朗忠誠度的否定。

「除了艾莉娜，妳算是持續時間最長的一個了。怎麼樣？被甩了之後有何感想？」申蘺得意的問。

茶詠茵自決定前來，就已經打定了會被申蘺奚落的心理準備，所以對於申蘺的挑釁，她不為所動。她把裝有裙子的禮盒放在茶几上，並將之打開。

申蘺的確被那一襲雪白的禮服吸引住了視線，這證明童童的設計還是相當成功的。

「怎麼樣？穿起來效果會更好，要不要試一試？」茶詠茵對申蘺說道。

「哼，我為什麼要聽妳的？」申蘺對茶詠茵冷笑道：「如果是童童本人送過來的話，我還會多少考慮給她面子試穿一下，但可惜啊，為什麼來的偏偏是妳？妳可以回去告訴童童，我是不會接受這條裙子的。」

「妳連一個機會都不肯給妳自己嗎？」茶詠茵淡定的把裙子收回盒裡，嘴邊帶著嘲笑的表情說道：「看來卿少朗不喜歡妳是有一定的道理的，因為妳一點也不瞭解他。」

「妳這樣說是什麼意思？」申蘺瞪著茶詠茵問。

「我說，明明擺在妳面前的就是一條會成功吸引卿少朗全部注意力的裙子，而妳卻輕易的就否定了它，妳還敢說自己是愛情獵人？妳連妳想獵的對象會喜歡什麼都不知道。」

申蘺的眼神有一點動搖了。她漂亮的長腿從茶几上放了下來，傾身向前，扔開了盒蓋，把裙子從禮盒裡面拿了出來。

「雖然這條裙子的設計的確很巧妙，整體感覺也非常不錯，但也沒有妳說的那麼神奇。卿少朗會喜歡它？妳憑什麼這麼認為？」申蘺質問茶詠茵。

「就憑我對他的瞭解。」茶詠茵自信的說：「不過這對申蘺小姐來說就比較難了，妳是要賭相信我呢，還是賭不相信我，隨便妳。」

「茶詠茵，妳別想在我面前耍花樣！」申蘺指著茶詠茵。

「申蘺小姐，知道『紅茶精靈』的故事嗎？」茶詠茵微笑著問她。

「什、什麼精靈……？」

「這可是和卿少朗交往過的人都知道的故事哦。」茶詠茵對申蘺的無知大搖頭。

「茶詠茵！妳快點給我說清楚！別在這裡故弄玄虛的！」申蘺狠狠道。

「卿少朗有一個關於紅茶精靈的虛幻情結，他堅信自己小時候曾經見過紅茶精靈，並且深受那一面之緣的影響而久久無法忘懷當日的情景，如果妳足夠瞭解他的話，就絕對不會拒絕這一條設計得如此貼合他情結的裙子。」

「這條裙子？」

申蘺再次拿起裙子，這一次她倒是真的看得非常仔細和認真了。

茶詠茵自信的介紹道：「這是一條以白色鈴蘭花為主要元素的裙子，而卿少朗之所以忘不了與紅茶精靈相遇的那一天，就是在一個開滿白色鈴蘭花的小山坡上。我敢說，只有這一條裙子，才會讓妳成為卿少朗眼中的焦點，不論是誰穿上它也一樣，首先能占據他內心的，不會是人，而是一條裙子喲。妳信不信？」

申蘺看著茶詠茵，震驚得說不出話來。

良久之後，申蘺才說：「妳只是隨便編造一個謊言來騙我吧？」

「申蘺小姐，如果妳堅持不要這條裙子，我是不會勉強妳的。但是，這一條裙子我們將會以高價出售給別的女生，如果妳認為這也無所謂，那就讓我們看看，到了決戰之日的那一天，卿少朗給出的最後的答案會是什麼吧。但是，到時妳可不要後悔哦。」

茶詠茵從申蘺手中拿回裙子，整齊折好放回盒子中。

此刻的申蘺腦中正在激烈交戰，要不要相信茶詠茵的話，讓她陷入兩難的境地。

「站住！」

申蘺在茶詠茵的手放在了門把上的時候，把她叫停。

「把裙子放下。我要了。」申蘺終於做出了抉擇。

茶詠茵的嘴角露出微笑。她就知道申蘺一定無法拒絕這巨大的誘惑，因為無論怎麼看，申蘺也拿不出更有效的武器能讓卿少朗把視線停留在她的身上。

「謝謝惠顧。」茶詠茵愉快的遞上帳單。

申蘺沒好氣的接過，並簽下自己的名。

「作為有良心的賣家，我再送妳一個可靠的情報吧。」茶詠茵對申蘺說道：「卿少朗喜歡對紅茶有研究的女生哦！」

「那麼，決勝之日，請多加油了。」茶詠茵留下裙子便瀟灑的離去了。

申蘺望著茶詠茵消失的身影，不忿的咬牙。

回到宿舍後，童童在打開門見到茶詠茵時立即迫不及待追問：「怎麼樣？申蘺小姐肯選用那條裙子嗎？」

「當然是——ＯＫ啦！」茶詠茵朝童童比出了勝利的手勢。

「哇啊！」童童高興得一把抱住了茶詠茵。

茶詠茵拿出申蘺親手簽回的帳單副本交給童童。

童童激動的說：「太好了，我太高興了！茶茶！妳真是太棒了！」

興奮的兩人一直鬧到了半夜，直到她們躺在床上時還止不住話匣子。童童現在已經常住在茶詠茵的寢室裡了，她問茶詠茵：「茶茶妳真的太厲害了，妳到底是怎麼說服申蘺小姐的？我真應該跟著妳去學習一下！」

「那也要是妳的設計出色才行啊，申蘺小姐又不是瞎的，她當然會選最漂亮的設計了。童童妳對自己的設計沒有信心嗎？」茶詠茵說。

「雖然我對自己的設計很有信心，但是……對方是申蘺小姐的話，就真的很讓我拿不定主意，她的眼光很不一般。」童童在床上不安的絞著手指，她說：「茶茶，妳說申蘺小姐會不會在最後突然改變主意，還是不穿那一條裙子啊？」

「她絕對會穿上的。」茶詠茵露出一個必勝的笑容，「我保證。」

「嗯。」童童聽了茶詠茵的話，似乎也能安心的睡了。

◆※◆※◆※◆

接下來的日子，童童成功為申蘺設計了禮服的消息不知怎麼就流傳了出去，於是一下子來找童童設計的學生暴增了一倍不止，童童在神雪學園裡忽然也變成了知名的人物。

茶詠茵作為童童的助手也開始變得忙亂起來。

這一天，茶詠茵走進B區的學園餐廳時，就有人在裡面朝她揚手招呼著叫道：「詠茵，這邊。」

茶詠茵看清楚了叫住自己的人後，不禁嚇了一跳，她連忙走了過去，急問道：「你怎麼又跑來這裡啊？霍蓮笙！」

「妳先坐下。」霍蓮笙拉了拉頭上的帽子說：「妳別叫這麼大聲啊，我把自己弄成這樣就是不想引起別人注意。」

「你怎麼喬裝都是沒用的，你看不到全餐廳的人都在看這邊嗎？」茶詠茵拉開椅子坐到了霍蓮笙的對面。

「沒辦法啊，妳又不來S區，要找妳很難誒！那只好我過來了。」霍蓮笙低聲的對茶詠茵這樣說，「而且，這次我先占了個雙人桌，這樣就沒有人能來打擾了。」

「你真小看了B區女生們的創造力，雙人桌算什麼，她們真要圍觀你的話，就是四面圍牆都沒有用。」

「呃，妳別再說這麼恐怖的話來嚇唬我了。」

「快說吧，你找我有什麼事？」

「這個月的月底，妳也會去吧？」

「去哪？」

「這還用問？當然是卿少朗的生日宴啊！妳不是他女朋友嗎？」

「我不是早告訴過你們，我和他已經分手了啊！」

「真的嗎？」霍蓮笙看起來半信半疑，他說：「但是卿少朗不是這樣說的。他老在我們面前說起妳，還說妳會在生日宴時給他驚喜的禮物。」

「那都是他自己幻想出來的，跟我無關！」

「不過，詠茵妳的態度也有點奇怪呢。」霍蓮笙說：「就算妳和卿少朗真的分手了，那是連普通朋友也做不成嗎？一般來說，普通朋友的生日送個禮物什麼的也是很平常的事情，妳這麼激動的樣子，倒像是有點放不下。」

「什麼啊……」茶詠茵也知道一扯上卿少朗的事，自己就會變得不正常。

「最近艾莉娜也是，好像有什麼心事的樣子，但無論我怎麼問她，她還是什麼都不跟我說。」霍蓮笙露出一臉憂鬱表情。

「艾莉娜小姐是有什麼煩惱嗎？」茶詠茵問。

「如果我知道的話，至少也可以想個辦法幫忙，但是她又不肯說。」

「莫非你和艾莉娜小姐吵架了？」

「吵架啊……沒有啊。」霍蓮笙靠在椅背上嘆氣，「有時我覺得，她還不如真的和我吵一架就好了，這樣沉默的態度又算什麼呢？我真的不知道她心裡想的是什麼。」

茶詠茵不禁想起卿少朗和艾莉娜，卿少朗說自己和艾莉娜在一起的時候經常會為一點小事而吵起來，但是霍蓮笙和艾莉娜卻是一句火花也沒有，到底哪一邊比較值得慶幸？這一點她還真是分不出來。

「我到底要怎麼辦才好？」霍蓮笙問茶詠茵。

「你這樣問我……我也不知道啊，我又不是感情專家。」茶詠茵低聲嘟噥。

「妳不是說，如果是朋友的話，就可以商量這種事情嗎？怎麼一到關鍵時候妳都給不出什麼有用的建議。」霍蓮笙抱怨。

「朋友又不是萬能的，我肯花時間坐在這裡聽你廢話，你就該給我抱著感激的態度了混蛋！」茶詠茵哼了一聲。

霍蓮笙聽了茶詠茵的話，忍不住笑了起來。他說：「跟妳在一起的時候，雖然會經常被妳罵，但卻會感到很輕鬆。如果艾莉娜有妳一半率性的話，那該有多好。」

「那一定是因為你表現得不夠好啊！女孩子的心是很敏感的，你得多放點誠意去打動她才行！別老是空口說著『喜歡』什麼的，光有甜言蜜語是不行的啦！要實際行動！」茶詠茵敲著桌子說。

「切，說得那麼好聽，妳不也一樣被卿少朗甩了嗎？」

「不要把這兩件事混為一談！」

霍蓮笙在跟茶詠茵說著話的時候，童童剛好走進了學園餐廳，並馬上發現了茶詠茵。

「茶茶！妳在這裡呀。」童童立即來到了茶詠茵身邊，她好奇的問：「妳和朋友說什麼說得這麼高興呢？」

聽到身後有女生在說話的霍蓮笙轉過頭去，童童看到霍蓮笙的那一刻立即捂住了嘴巴。

「這位是我的朋友——洛童童。」茶詠茵站起來把童童介紹給霍蓮笙，然後轉而面向童童說：「而這一位是誰，就不用我介紹了吧？童童。」

「童童小姐的大名我也聽過呢。就是最近為申蘺設計了裙子的那一個天才設計師吧？」霍蓮笙的消息還滿靈通的。

「不、不是啦，天才設計師什麼的……才沒有……」

童童在面對著偶像的時候，說話都打結、支吾了起來，她朝霍蓮笙深深的彎了個腰，像鼓起了所有勇氣似的說：「蓮笙學長才是呢！你的戲劇我全都有捧場！一直以來我都很仰慕蓮笙學長你的！」

因為童童難得的可以和自己超級仰慕的對象如此近距離接觸，她完全是一副眼冒桃心的激動狀。

而童童的加入，午餐時的話題逐漸轉移到了霍蓮笙的戲劇探討方面，童童滔滔不絕的發表著個人崇拜論，直到用餐完畢，霍蓮笙也離去了之後，童童還有點回不過神來。

「茶茶！妳和蓮笙大人很熟嗎？妳不但能拿到蓮笙大人的貴賓邀請票，而且他還會來B

區找妳聊天，你們感情很好嗎？」童童急急的追問茶詠茵。

「我是因為偶然的機會才認識他的啦……算是朋友吧。」茶詠茵說。

「偶然的機會嗎？嗚……為什麼我就遇不到這種好事呢？」童童不忿的輕打著桌子。

「你們現在不也認識了嗎？他還知道妳是天才設計師呢，童童。」

「別再說了！我快要暈倒啦～」童童捂住胸口。

兩人笑鬧了一陣後，童童收起玩笑，正式向茶詠茵說：「客人們預定的單子我們都做得差不多了。不過呢，最近突然冒出一個大客戶哦。」

「大客戶？」茶詠茵喝著汽水問：「在神雪學園裡，難道還有比申蘺更大的客戶嗎？」

「嗯，這個客人一口氣訂了十套裙子呢！但是他要求在這個月的生日宴前準備好。而且錢已經一次付清了。」

「哇！」茶詠茵一聽到已付款，馬上就來了精神，「真是豪爽的客人啊！」

「是吧、是吧～這麼好的客人到哪裡找啊！所以呢，雖然有點緊急，但我還是一口答應下來了。」

「應該的、應該的！」茶詠茵也很高興。有生意的話就是有錢啦！

「茶茶妳要有心理準備，接下來我們又會變得很忙了。」

「沒問題！」茶詠茵完全不介意。

「客人希望我們能在預定的場地完成工作，所以，我們下午就要過去開工了。」

於是，當天下午，茶詠茵和童童一起拿著工具出發前往那位豪爽的客人指定的場地了。

◆※◆※◆※◆

在到達S區的時候，茶詠茵還在心裡想著，果然是S區的客人才會如此一擲千金、不計成本的花錢啊……但當她跟著童童，越走越覺得前往一個熟悉的地方時，茶詠茵終於察覺到了有什麼不對勁的地方。

童童停在了一間私人的休息室門前，敲響了大門。

「請進。」裡面的人回應了一聲。

童童打開了門，帶著茶詠茵一起走了進去。

「我來啦，少朗大人。」童童精神煥發的大聲說著。

「妳好啊，童童小姐。」卿少朗微笑著迎接了她。

「這一位呢，是我新請的幫手，茶茶小姐。因為這次的工作量比較大，所以我就把助手也帶來了，希望少朗大人你不要介意。」童童說。

「怎麼會？」卿少朗走近茶詠茵，就看到她的臉一副要抽筋的表情了。他笑道：「歡迎回來啊，茶茶。」

茶詠茵怎麼也沒想到，那個一口氣訂下十條裙子的傢伙會是卿少朗！她瞪著卿少朗的臉，惡狠狠的問道：「請問這位客人，訂十條裙子是打算自己穿嗎？」

「如果我有這種興趣，是不是會讓妳比較興奮？」卿少朗好笑的反問她。

「別說廢話了，請把要求說明一下吧。」茶詠茵負氣的把工具箱重重的放在桌子上面，還發出很大的一聲碰響。

「我沒有什麼要求，只要是通過了妳們自己要求的作品，我就照單全收。」卿少朗說。

「既然款式上沒有要求的話，那麼不知道是哪位小姐要穿的呢？我們也要為對方做一些測量，取得正確的身材資料才行呢。」童童在一旁拿出她的寶貝筆記本。

「嗯……要給哪位小姐穿呢？怎麼辦，我還沒決定好啊……」卿少朗一臉沉思狀，然後指向茶詠茵說：「那就先按她的身材做吧，如何？」

「別開玩笑了！到最後要改動的話，十條裙子一起可是個超級大工程！請一開始就決定好基本的資料！」茶詠茵朝卿少朗大叫道。

「妳的助手平時都會這樣吼客人的嗎？」卿少朗對童童投訴道：「真沒禮貌。」

「哈哈……她只有今天比較激動。」童童打著圓場。

「按客人的需要而做出改動，也是妳們的工作內容之一吧，茶茶小姐？難道作為客戶的要求，妳們都是抱著『隨便怎樣也好』的不負責態度嗎？」卿少朗對茶詠茵哼了一聲說：「別隨便砸了自己的招牌。」

無話可說的茶詠茵，只得把那一口悶氣吞到肚子裡面。卿少朗說得對，客人的要求永遠是被擺在第一位的，而且童童都還沒有意見呢，她這個助手倒先暴躁了又算是怎麼回事？

童童和茶詠茵被安排在卿少朗的休息室裡工作。曾經在這個地方，童童也為茶詠茵修改過一次裙子。茶詠茵還清楚的記得，那個時候她也是在這裡穿上過一條漂亮的裙子，只是那條裙子原本的主人並不是她，而是艾莉娜。

現在自己卻要在這裡做十件不知道最後會穿在誰身上的裙子……茶詠茵看著手上的布料，不禁心思飄移發著呆。

「茶茶，妳是在生氣嗎？」童童小心的問茶詠茵。

「沒有。」

「但是妳的樣子看起來很不高興呢。」

「我只是沒想到現在又要為那個傢伙打工而已。」茶詠茵鬱悶不已。

「又為那個傢伙打工？什麼意思？」童童愕然。

「啊……」意識到自己說錯了話的茶詠茵，趕忙轉移話題：「這次的裙子要做什麼款式才好呢？」

「少朗大人說，茶茶喜歡什麼款式就做什麼款式。」童童笑著對茶詠茵說：「茶茶，妳真的和少朗大人分手了嗎？為什麼我覺得這些裙子其實是為妳而做的呢？」

「別亂說了。才不是這麼一回事。」茶詠茵甩了甩頭，似乎這樣就可以把腦子裡面一些不切實際的想法都甩掉，「他只是想要戲弄我，一直以來他都以戲弄我為樂。」

「是嗎……」童童偷偷的笑著，不再說什麼。

因為卿少朗的關係，接下來茶詠茵的每日行程幾乎又變得與以前一樣了——每到放學時，她就得準時到S區的休息室報到，風雨不改。

「茶茶，我想把裙子這裡加一朵白色的鈴蘭花做裝飾，妳說好不好？」童童指著自己剛畫出的設計圖問茶詠茵。

「絕對不要加鈴蘭花！」茶詠茵堅決反對。

「咦？為什麼啊……鈴蘭花本來就是妳的構思，我還以為妳會喜歡的。」

「這……」茶詠茵語塞，急急的解釋：「妳想想啊，我們設計給申蘺小姐的裙子已經用過鈴蘭花的設計了，而且她那一天也會穿著那條裙子出席備受注目的舞會，我們怎麼可以再設計出雷同的東西？這樣會讓申蘺小姐生氣的！」

「真的耶……幸好妳提醒我。」童童敲了敲自己的腦袋說：「我真是太大意了。」

童童放棄了再選用鈴蘭花的方案，她咬著筆頭苦思著，說：「茶茶，妳喜歡什麼類型的裙子呢？不如妳直接告訴我吧。」

「簡單一點的就可以了。反正是童童設計的，我都喜歡。」茶詠茵說。

「茶茶！」童童再一次被感動了。

於是，半個月後，在卿少朗生日宴會的前一天，童童和茶詠茵的工作終於完成了。

迷茫的宴會之夜

在製作禮服的這一段時間，卿少朗基本上不怎麼出現，原本茶詠茵還以為會天天看到他的臉，沒想到他對她們的工作過程一點也不關心。

直到童童通知他說工作完成了，那一天的下午卿少朗才出現在休息室裡，對兩位小姐的工作成果進行驗收。

「我對這次的設計也相當有信心喲！少朗大人。」童童在卿少朗面前顯示過人的自信。

「哦？是嗎？那太好了。」卿少朗和童童倒像是相識已久的好朋友一樣，但相反的，他對茶詠茵這個「前女友」就顯得沒那麼和善了。

「妳，去試穿給我看看。」卿少朗對茶詠茵說。

「為什麼要我去？」茶詠茵朝他翻白眼。

「因為是按妳身材做的成品啊，妳不去試，誰去試？」

「本人不外帶試衣服務！」

「真是傷腦筋啊，沒有人試穿的話，怎麼知道穿起來效果怎麼樣呢？如果真的為難妳的話，那我也只好退貨了吧？」卿少朗苦惱的說著。

「喂！」茶詠茵聽到他要退貨立即跳起來。

「去穿吧。每一件。」卿少朗抱著雙手坐在沙發上，做出觀賞的姿勢。

茶詠茵只好賭氣的一把抓起十件裙子，氣憤的走向衣帽間。

久違了的這個小衣帽間，還是像當初她所見的那樣，充滿了神秘的光彩，像寶庫一樣的魔法陣地。茶詠茵在看到那一面落地的試衣鏡時，不禁回想起往日的時光。

那一次，她挑選了一件屬於艾莉娜小姐的裙子。不過，今天的她，選擇的卻是全新的、不屬於任何人所擁有的，暫且只為她一人而設計的漂亮作品。最後，還是止不住心底偷偷升起的那一絲期待和激動，她終於把童童的設計親自穿上身了……

接下來，就像時裝表演一樣，茶詠茵穿著一到十號的裙子，輪番展現在卿少朗的面前。一如被鑑定的商品，茶詠茵接受在場外那個叫卿少朗的裁判嚴厲的審查。

「轉個圈，對，上前兩步，停……再轉個圈……嗯，下一件。」卿少朗像用對寵物般親暱的口吻，指使著茶詠茵的動作。

雖然外面坐著個超級惡劣的大客戶，但是茶詠茵還是從一套套的漂亮裙子中找到了換裝的樂趣。整整十套裙子，各有特色，完全貼合自己的身材穿在自己的身上，少女天生的愛美之情仍然滿載在茶詠茵的心中，她一遍一遍的在鏡子前面張望，在無人的空間裡盡情的自我陶醉。

——如果這十條裙子真的是屬於我的話，那該有多好呢……

茶詠茵咬著嘴唇，搖了搖頭。她不能冒出這樣的想法，這可是卿少朗的詭計。

依依不捨的看著身上所穿的最後一套裙子，茶詠茵打開了衣帽間的門，走了出去。

「這件也是我的心血之作，絕對不輸給前面的幾套哦！少朗大人，你覺得哪一件作品最好呢？」童童站在卿少朗旁邊，擔負著每套禮服的解說工作。

「嗯。」卿少朗並沒有給出確定的意見。

「這十套裙子都不錯，但可惜要穿到身上的也只有一套而已……茶茶，妳認為哪一套最好？」卿少朗問詠茵。

正如童童所說，其實這十套都很好啊！茶詠茵說：「如果只能選一款的話，我個人是比較推薦第四套。那一條裙子雖然看起來很簡約，但卻非常的舒服大方。」

「這樣啊……那就選用第四套吧！」卿少朗並不多做思考就下了決定。他說：「請再對那一套裙子做些細改，明天晚上再帶來給我。」

「明天晚上?明天晚上就是少朗大人的生日宴了啊!明天才送過來給你的話，這樣還來得及嗎？」童童說。

「所以，明天晚上就請茶茶小姐直接穿著裙子到來，讓我清楚的驗收。這樣也可以省去試穿裙子時的麻煩了。」卿少朗這樣說的時候，已經打算要離開了。

「那剩下的裙子怎麼辦？」童童看卿少朗站起來要走，連忙追上去問道。

「我麻煩了茶茶小姐幫我試了這麼久的衣服，也應該表示一點謝意，剩下的裙子就全送給她吧。」卿少朗頭也不回的離開了休息室。

茶詠茵捧著一堆被卿少朗遺棄的裙子，呆站在休息室中。

童童看著茶詠茵，高興的說：「果然是為妳而做的裙子呢！不過，我很高興能為茶茶量身做設計哦！」

「明天……」茶詠茵喃喃的說。

「真期待呢！」童童捂著嘴巴偷笑著。

◆※◆※◆※◆

卿少朗的生日宴會，是神雪學園的一大盛事。

並不只是S區的學生，在這一天，就連B區甚至是外校的人士，也可以前來參加這一次的盛會。比之於申蘺那只發放有限邀請卡的精緻聚會不同，卿少朗的生日宴會更具有包容性質，可接納各界前來祝賀的不同客人，只要你喜歡熱鬧狂歡，不論身分都會受到歡迎。

而這萬眾期待的一天，終於到來了。

晚上將近七點的時候，神雪學園裡的氣氛已經變得截然不同。茶詠茵在回宿舍的路上，能看到不少穿著漂亮禮服的女生們散落在學園的不同角落，像是神雪學園的歡慶遊園大會一般，沒想到只不過是一個S區學生的生日宴，就搞得排場像是國王在召開舞會一樣。

「我等著今天已經很久了，光是存錢買這件衣服就耗費了我半年的零用錢，絕對要讓隔壁班的小隆同學主動請我跳舞！」一個女生期待的對同伴這樣說道。

「嗯嗯，小霞今天無懈可擊，小隆一定會移不開視線的！」同伴鼓勵她道。

「小霞今天真是下重本啊！說不定不只小隆同學，萬一連卿少朗大人也被妳迷住那就真是意外的收穫啊！」另一個女生同伴這樣說道。

「呀～妳們別再說了，害我好期待哦！」

小霞和同伴們一路說說笑笑的從茶詠茵身邊走了過去。

看來S區辦的舞會功能還挺多的，不但提供了場合給神雪學園的學生們消遣解悶，其實還是一場超級盛大的交際聯誼會啊！

茶詠茵回到宿舍寢室的時候，童童已經穿上了自己預先準備好的裙子，她正拿著那套卿少朗指定的裙子笑咪咪望著進門的茶詠茵說：「茶茶快來，我們要出發囉！」

當茶詠茵和童童到達會場的時候，那裡早已賓客如雲。雖然大多數都是神雪學園本校的學生，但也有不少在電視上出現的政界名流和演員、模特兒穿梭其間。

「哇……我是第一次看到演員的真人本尊耶！」童童拉著茶詠茵驚呼道。

「那個不是托木小姐嗎？她最近的電影都上了影視榜榜首耶！」

「快去跟她要簽名吧！」學生們都起著鬨。

童童拉著茶詠茵的手說：「我們先去找少朗大人，讓他看看妳的裙子。」

茶詠茵的確是被要求作為卿少朗指定的穿衣模特兒而把衣服送來讓他過目，她心裡自然也明白這只不過是卿少朗的藉口，他所做的一切其實都是為了她，但她就是無法坦然的接受這「特別的待遇」。

卿少朗到底是怎麼看待她的呢？她不知道。是因為覺得她有趣，所以暫時還捨不得丟棄這難得的玩具嗎？還是說，因為她也像艾莉娜一樣，只因為在自己的身上能讓卿少朗找到與紅茶精靈的某些相似點，所以讓他無法放手？

不論是哪一個原因，都不是值得讓人高興的答案。

茶詠茵懷著沉重的心情，跟在童童的身後穿梭於熱鬧的舞會會場之中。

會場門外忽然出現了一陣劇烈的騷動，童童和茶詠茵也不禁被吸引了視線。四周的少女們不斷發出驚呼——

「是卿少朗大人！卿少朗大人來了！」

「哇啊！少朗大人好帥啊～我又再一次被迷倒了！」

「如果能和他跳一支舞，我死了也願意！」

「少朗大人～～～」

會場上的女生們立即因為主角的出現而為之瘋狂。

「看來現在我們過不去了。」童童看著那邊誇張的人群，簡直就跟銅牆鐵壁一般。

「嗯。」茶詠茵心情複雜的和童童站在一旁觀望著。

就在大家喧嚷不停的時候，門外再度傳來新一輪的觀眾熱潮。

申蘺小姐穿著一襲雪白的紗裙，出現在眾人的視線之中。她玲瓏的身段輕易展現出裙子最美的姿態，那一串串白色的紗織鈴蘭像盛放的鮮花一樣把申蘺烘托得如夢如幻，直如仙子出塵一般的奪人心魄。

「那是誰……好美啊……」

男生們都看得目瞪口呆，就連女生們也被申蘺的美麗震壓得喘不過氣來。

「哇……申蘺小姐今天很不一樣呢！沒想到平日冶豔無雙的她，竟然也有這麼清純脫俗的一面！」

男生們像夢遊一樣，朝女神的腳邊擠去，把本已人潮洶湧的會場大門更圍得水洩不通。

申蘺今天化的妝淺淡而高雅，完全沒有了往日那逼人的氣勢，相反的，更多出一點柔和動人的嫵媚。她輕抿嬌脣，淺笑不語，光是一個眼神的流傳，就把周圍的男生殺死了一遍。

「申蘺小姐！請賞面和我跳一支舞！」

「申蘺小姐……看這邊，看這邊！」

申蘺誰也沒有看，她的目標永遠只有一個……當申蘺的視線落在卿少朗的身上時，她終於高興的發現，卿少朗目不轉睛的在看著她。

卿少朗的確在望著申蘺，不但視線移不開，他還一步一步走向申蘺。

「少朗，我這一身的打扮都是為了你。今天的我，美嗎？」申蘺撒嬌般問卿少朗。

「嗯。妳很美。」卿少朗誠實的回答。他伸出手去，極具紳士風度的問道：「不知道我是否有這個榮幸，請申蘺小姐跳一支舞呢？」

高興到恨不得立即撲上去把卿少朗吃掉的申蘺，此刻卻顯得相當的矜持和害羞，她低著頭輕輕的把自己的手放在了卿少朗的手上，卿少朗便把她帶入了舞池之中。

由卿少朗和申蘺所帶起的第一首舞曲開始，正式拉開了今晚的盛會序幕。

大家紛紛尋找到適合的伴侶，一同跳舞。

童童和茶詠茵仍然留在會場的一角。看著申蘺陶醉的倚在卿少朗的懷中輕舞，童童也感嘆的說：「他們看起來真的很相襯呢，沒想到除了艾莉娜之外，這個世上居然還有能站在少朗大人身邊而毫不遜色的女孩。申蘺小姐真的太美了，她一點也不會輸給艾莉娜小姐。」

「她今天就像是個公主一樣。」童童用手指支著頭，自言自語的說：「而我，是給公主水晶鞋的人哦！如果不是那一條裙子的話，少朗大人是不可能會請她跳舞的吧。茶茶，妳說是不是？」

並沒有得到回應的童童轉過頭去，驚奇的看到自己的身邊空無一人。

「咦？！茶茶呢？」

童童歪著頭，茶詠茵是什麼時候在她身邊消失的，她一點也不知道。

會場的後花園裡，茶詠茵一個人坐在石階上發呆。

感覺自己跟這裡格格不入，完全就像走進了另一個世界似的。即使是以前自己假扮卿少朗女朋友的時候，也沒有這麼確切的感受過這種完全被隔離在外的感覺。

——卿少朗會被申蘺迷住，不是早就已經預知到的結果嗎？

茶詠茵抓住腳邊的一株雜草，扯落下來。

——但是……為什麼親眼目睹他迷戀的看著另一個女孩時，卻又是那麼的心痛呢？

茶詠茵仰望著漆黑的天空。疏落的星星異常的明亮，還有流星一閃而過。

——只要有一點點紅茶精靈的影子就好，誰都可以成為他喜愛的對象。誰都無所謂，卿少朗只是在收集幻影的碎片而已……

她知道自己也曾是那碎片中的一小片，所以他才會對她那麼的溫柔、那麼的貼心，他的愛意都是假象，他愛著的到底是誰根本無從捉摸。

既然清楚的明白這一切，為什麼她還是無法忘卻他的存在？

茶詠茵失落的閉上眼睛。事到如今，即使她勇敢的跑去卿少朗的面前告訴他，自己就是當年偷喝了他的紅茶的那個「精靈」，他也只會覺得討厭吧？一旦過分美飾的幻象和現實這個不堪的真相拿來比較的話，誰都會無法接受的。最後自己也只不過會落入被無情嘲笑的悲慘境地而已。

況且，她也不想做誰的替身，哪怕敵人就是多年前的那個自己。卿少朗喜歡的，只是小時候的那一個紅茶精靈……並不是現在的自己，這一點她知道。

會場內傳來熱烈的掌聲，茶詠茵不知道裡面發生了什麼事。不過，任何事也與她無關了……這是卿少朗的生日宴會，而她，只不過是一個無足輕重的客人。

「怎麼了，一個人在這裡發呆？」

有人在茶詠茵的身邊坐下。茶詠茵側頭，看到來人，她不禁苦笑了一下。

「你也來了？怎麼不和艾莉娜去跳舞？」茶詠茵問。

「嗯……事實上，我和艾莉娜已經分手了。」霍蓮笙說。

「咦？！」茶詠茵瞪大眼睛看著霍蓮笙。

「妳的樣子怎麼這麼驚訝？」霍蓮笙笑茶詠茵的反應太誇張。

「但是，你們不是……」

「艾莉娜她一再哭著說對不起我。」

霍蓮笙的表情並沒有太多的傷感，反而露出一種擺脫了煩惱的輕鬆感覺。

「她說自己喜歡的人並不是我。不知道為什麼，和她分開的時候，我有種豁然開朗的感覺，好像一直以來都很壓抑的心情一下子被釋放了一樣。或許她說得沒錯，我們在一起真的不合適。這樣也好，我總算努力過了，雖然結果並不如想像中的那麼美好，但至少我不需要後悔。」

茶詠茵看著霍蓮笙，不知道該說什麼才好。既然本人都已經那樣說了，自己的安慰也會顯得多餘吧？

她雙手托著臉頰，霍蓮笙坐在她的身邊，兩個人沉默著，卻沒有一點不適應的感覺。

「真奇怪，每次不高興的時候，只要看到妳，就會高興起來。」霍蓮笙對茶詠茵說。

「是嗎？該不會是失敗者同盟的自憐情緒在作怪吧……我們是被甩雙人組啊！」

「哈哈哈……真的是呢！」霍蓮笙開懷的笑著。

隨即他站起身，往臺階下走了幾階，自低處朝她伸出手，「詠茵，我們來跳支舞吧。」

這還是茶詠茵今晚第一次被別人邀舞，她有一剎那猶豫。

當她的手緩緩伸出去、在觸到霍蓮笙的手之前，卻在半空中被另一隻手抓住了。

「茶茶，妳怎麼跑到這種地方來了。」

卿少朗熟悉的聲音響在了茶詠茵的耳邊。

力道的轉換，讓半站起的茶詠茵一下子倒入了後面的人懷中，她後仰抬頭，正好看到了卿少朗俯視著她的雙眼，充滿調侃的笑意。

卿少朗對站在臺階下面的霍蓮笙說：「抱歉啦，茶茶我要帶走了。要挑跳舞的對象外面多的是哦！是你的話，一定不會被拒絕的。」

不等霍蓮笙做出反應，卿少朗已經一把將茶詠茵拖走了。

「喂，放手啦！我很痛誒！」茶詠茵一邊被卿少朗拽著、一邊掙扎著要甩開他的手。

「妳知不知道我找了妳一整晚！妳居然偷偷跑來跟霍蓮笙幽會？」卿少朗生氣的質問著茶詠茵。

「什、什麼幽會！你知不知道自己在說什麼？」茶詠茵一把推開卿少朗。

「妳到底有沒有看到那傢伙用什麼眼光看妳？他太危險了！我不准妳再去見霍蓮笙那小子！」卿少朗生氣的說。

「危險的人是你吧！我為什麼要聽你說的話？你以為你是誰啊？霍蓮笙是因為剛和艾莉娜小姐分手才來找我說話而已！」

「是啊，剛和艾莉娜分手就馬上來打妳的主意，他很行嘛！」

「為什麼我們非要被你說得那麼不堪？」茶詠茵捂著臉，被氣得哭了出來，「卿少朗你別太過分！」

看到茶詠茵在哭，卿少朗也平息了下來，他抱著她抱歉的說：「對不起，是我不好。因為一直找不到妳，所以才有點著急。沒想到妳會躲到這裡來，而且還和霍蓮笙在一起……」

「我和誰在一起關你什麼事！」茶詠茵賭氣的說：「你自己還不是一樣！來找我幹嘛？去跟申蘺跳舞啊！你不是被她迷得七葷八素的嗎！」

「說起申蘺，我還沒跟妳算帳呢！她那條裙子是怎麼回事？」卿少朗臉色陰沉的把茶詠茵推到牆邊。

「什麼裙子？鬼才知道。」茶詠茵把頭扭到一邊。

「整個神雪學園的人都知道申蘺的裙子是童童設計的，而以童童一向的風格是絕不可能會為申蘺做出這條裙子的，一定是妳出的主意吧！」

茶詠茵知道這事是瞞不過卿少朗的，不過她也不害怕了，她轉過頭來冷笑著說：「那可是白色的鈴蘭花哦，不是你最愛的紅茶精靈配備嗎？怎麼樣？看到現實版的紅茶精靈出現你很開心吧，還不快謝我！」

「茶詠茵！」卿少朗真的生氣了，他抓住茶詠茵的肩膀，因過分用力而讓她的眉頭也緊皺了起來，「為什麼妳要這麼做？！」

「我為什麼要這樣做……」

茶詠茵咬著牙，不知在跟誰生氣似的說：「卿少朗！為了紅茶精靈，你看看你自己做過什麼荒唐的事情？隨隨便便交上一個又一個的女朋友，把她們打扮成你喜歡的樣子玩弄她們，然後毫不憐惜的丟棄！你一定認為她們都是沒有心的吧？你一定認為她們都是不會受傷的吧？你一定認為心甘情願被你擺布的她們都是活該的吧？誰叫她們喜歡上你這樣一個沒心沒肺的傢伙呢？你到底知不知道自己是個可怕的人……你的無情讓人覺得你真可怕！」

茶詠茵出乎意料的控訴讓卿少朗整個人僵住。兩人之間那一觸即發的劍拔弩張氣氛，濃濃的圍繞在四周，壓得人快喘不過氣來。

「原來，在妳的眼中，我是這樣的嗎？」卿少朗傷心的說。

「當初你為什麼會挑中我呢？」茶詠茵冷冷的問他，「難道不就是因為我也有一部分的影子能和你心中的紅茶精靈重疊嗎？」

對於這一點，卿少朗無法否認。

當初在自己輕率的決定找一個契約女友的時候，他的確因為茶詠茵的出現有過一閃而逝的既視感——那種彷彿似曾相識的感覺，讓他選擇了眼前的這個少女。

回想起當初兩人第一次的見面，卿少朗多少還是有點恍如昨日的感慨。那個時候的他，根本沒有心思放在坐在自己對面、接受著面試的那個女孩身上。是那個不停為自己爭取、不惜把他攔下據理力爭的女生，她強勢的態度引起了他的注意，他才終於肯看她一眼……

就是那一眼，讓他改變了主意。

卿少朗也不知道自己當時是怎麼想的，事實證明，接下來茶詠茵的一切行為，都與他心目中的紅茶精靈相距甚遠，他根本就沒有再把茶詠茵劃入到可幻想名單中。茶詠茵只是一個粗魯又直率、樸素且毫無品味的普通女生而已。

但為什麼他就是無法不去在意她呢？卿少朗也找不出原因。

他並不是為了在她身上尋找紅茶精靈的影子，並不是那樣的……她就只是茶詠茵，這樣鮮明的一個獨立的存在而已……

「你醒一醒吧，卿少朗。」

茶詠茵的聲音這麼的近，卻又顯得那麼的遠。卿少朗呆呆的看著她，茶詠茵看著他的眼神卻充滿悲痛之色。

「不要再沉浸在過去的回憶裡自我封閉了，你要是永遠放縱自己幻想下去、不願意醒過來的話，你永遠也不會得到值得你珍惜的感情。別再被過去所束縛了，你應該忘了她……忘了你的紅茶精靈，放過你自己。」

茶詠茵輕輕推開無言的卿少朗。

面對著她離去的背影，卿少朗不禁開口叫道：「茶茶……」

茶詠茵停住，回過頭時她說：「請你以後別再叫我茶茶了，我的名字是『詠茵』。」說完這句話之後，她就頭也不回的離開了。

茶詠茵並不知道舞會是如何結束的，因為她並沒有在那裡留到最後。在跟卿少朗說完那些話後，她直接離開了會場，一個人回到空無一人的女生宿舍。

外面的狂歡都與她無關。把自己關在漆黑的寢室中，茶詠茵就穿著那條卿少朗指定的裙子坐在地上。

為什麼她要對卿少朗說那些話？為什麼她不乾脆直接告訴他，自己就是紅茶精靈，這樣或許就能跟他在一起了，這樣或許他就再也放不開她了……

眼淚一顆一顆的落下，或許是出於自己的自私，她希望卿少朗能看著她，能看著站在他面前的她——真正的她，而不是那個虛假的幻象。

——我是茶詠茵啊……卿少朗，你眼中看到的是我嗎？

——我並不是紅茶精靈，我是茶詠茵啊……

——到底要到什麼時候，你才能正視到那個一直喜歡著你的，真實的我呢？

◆※◆※◆※◆

卿少朗盛大的生日宴會已經過去了一個星期，圍繞著那一晚的相關話題也漸漸平息了，神雪學園終於回復了往日的平靜。

茶詠茵卻顯得有點無精打采的。童童最近也沒有找她，因為之前的工作熱潮過了一個段落，現在反而陷入了淡季，一張單子也接不到，所以童童趁著這段空閒的期間，課餘時間都用來鑽研時裝設計的書籍。

茶詠茵一個人拿著書包，坐在廣場邊上的長椅上。

面前有數隻白鴿在啄食，她發呆的望著地面石磚上的花紋，突然看到自己的面前停住一雙男生的皮鞋。

「又被我抓到妳在發呆的樣子。」霍蓮笙嘲笑茶詠茵：「最近妳常發呆呢。」

「什麼啊……又是你。」茶詠茵低下頭，繼續看鴿子。

霍蓮笙坐到茶詠茵的旁邊。

「那天妳被卿少朗拉走之後，後來就找不到妳了呢。」霍蓮笙說。

「因為我回去了。」

「為什麼？妳和卿少朗吵架了？」

那算是吵架嗎？茶詠茵抬頭看向霍蓮笙，「我也不知道，或許那比吵架更糟。」

「是嗎……」霍蓮笙的雙手放到了腦後，他靠在椅背上思索著什麼。

「聽到妳說和卿少朗處得不好，我卻很高興。可能這樣說妳會覺得我很卑鄙，卑鄙也無所謂，因為有些話，我覺得如果現在我不說的話，或許就再也沒有機會說了。」

茶詠茵驚奇的看著霍蓮笙，霍蓮笙忽然握起她的手說：「詠茵，請妳和我交往好嗎？」

「哈？！」茶詠茵嚇得跳起來。

「我知道我剛剛才和艾莉娜分手，就跑來跟妳說這種話，妳或許會覺得我很奇怪。但是我是認真的，請妳相信我。」

「但、但是、這、這……」茶詠茵完全沒料到霍蓮笙是來向她告白的，她可是一點準備也沒有啊！

「在和艾莉娜交往的時候，我也曾經想過，喜歡一個人……到底是怎麼一回事呢？和她在一起的確會有心動的感覺，但是那種心動卻是那麼的拘謹，就像是仰望著遙不可及的夢境一樣。然而，和妳在一起時的感覺卻是那麼的不一樣，想說的話可以輕易說出口，看到妳笑時，心情也會變好，看到妳生氣的樣子也會受到感染似的激動起來……」

「我想著，如果能多接近妳一點就好了，所以擅自用『朋友』的名義接近妳……詠茵，我不敢相信自己繞了一個圈子才發現，我喜歡的人並不是艾莉娜，而是……妳啊！」

「哇啊啊啊啊！你不要再說了！閉嘴！」茶詠茵捂著頭大叫著。她的理智快要處理不了現場的緊急狀況了，霍蓮笙都在胡說些什麼啊？

果然就如卿少朗所說的一樣！這個人是危險分子！

茶詠茵崩緊著神經左右張望著，幸好附近沒有人，一定要把霍蓮笙向自己告白的這個事實完全否決掉，然後當作什麼事情也沒有發生過！她可不希望再因為霍蓮笙的告白而讓自己在神雪學園裡再度成為腥風血雨的受害人！

「詠茵……」

「夠了。」茶詠茵伸手阻止著霍蓮笙想要說下去的話。

為了掩飾緊張而故意清了清喉嚨，她的視線飄忽著落在別處對霍蓮笙說：「你的好意我心領了，但是我和你是絕對沒有可能的！」

「為什麼？」

「為什麼……哪有什麼為什麼……」

「既然卿少朗可以的話，為什麼我就不行呢？」

「呃？」

——這個問題怎麼聽起來這麼的熟悉？

茶詠茵側頭，當初和霍蓮笙第一次相遇的一幕便閃現在腦海之中。那個時候，霍蓮笙也問過類似的問題呢。

「為什麼我喜歡的人，最後總是會去喜歡卿少朗？他就有那麼好嗎？我到底哪一點比不上他了？妳告訴我啊！」

「喜歡這種事……本來就沒有什麼道理可言啊。」茶詠茵說。

如果心意是這麼容易控制的東西，那她絕對不會容許自己還想著那個傢伙的事……而卿少朗也不會這麼多年還放不下心裡的那一個紅茶精靈了。

霍蓮笙的表情有點傷心，雖然明白這個道理，但是事實卻是那麼的讓人難以接受。

「對不起。」茶詠茵除了道歉之外，不知道還可以說什麼。

「妳不需要道歉。」霍蓮笙微笑著說：「因為我還沒打算放棄。」

「咦？！」茶詠茵被他說的話嚇得再度跳起來。

「卿少朗根本不會愛上任何一個人，所以，妳很快就會發現他只是一個空心的軀殼。我是不會放棄的。」霍蓮笙說。

「但就算你這樣說我也……」

「請別太快下決定。」霍蓮笙站起來走向茶詠茵，扶著她的肩說：「就讓時間來證明一切，好嗎？」

那一整天裡，茶詠茵的腦袋都昏昏沉沉的。

之前對卿少朗說了那麼重的話，她還一直陷入沉重的情緒之中，沒想到馬上就被霍蓮笙告白了，一連串的刺激讓她越發疲累。

「到底最近是走了什麼楣運啊……」她把頭埋進放在桌子上的書裡面。

「怎麼了嗎？」童童坐在床上看著新買的時裝雜誌。

「我被人告白了啊……」茶詠茵悶悶的聲音從書裡傳來。

「這不是好事嗎？」童童非常感興趣的坐了起來，問茶詠茵：「快說快說，向妳告白的人到底是誰呀？他帥嗎？我認識嗎？」

「嗯……」茶詠茵實在說不出口向她告白的人是霍蓮笙。

「我也好想被告白哦！」童童雙手合在胸前，一臉夢幻的說：「雖然我也有收過情書，但是那種面對面的表白，我還從來沒遇到過呢，真期待啊！」

「如果來告白的人並不是妳喜歡的人，妳也會這麼高興嗎？」茶詠茵問童童。

「這個嘛……雖然也是會覺得困擾啦，不過心裡還是會偷偷高興一下嘛……」童童打了個哈哈。

茶詠茵看著童童，心想是不是自己把告白這種事情想得太嚴重了呢？

「不過，能夠鼓起勇氣向對方說出自己的心意，還是值得敬佩不是嗎？」童童說。

「值得敬佩？」

「沒錯。因為並不是所有人都拿得出這樣的魄力啊！要冒著被拒絕的風險，還是大聲的把自己心裡想的說出來，妳不覺得這是很酷的事？不管結果是成功還是失敗，至少自己做到了，就不會後悔。」童童握著拳說。

「那個……事實上，我也曾經向自己喜歡的蓮笙大人告白過哦……」童童不好意思的對茶詠茵說，「雖然最後是失敗啦，不過我有好好的把自己的心意傳達給對方知道——這就夠了。直到現在，我還是覺得很高興喔！沒有讓自己的青春留下遺憾真是太好了！」

「童童，妳好厲害。」茶詠茵露出無比敬佩的表情。

「哈哈哈……茶茶妳就別笑話我啦……不過呢，如果茶茶妳也有喜歡的人，就趕快行動吧！我覺得，能喜歡上一個人其實是一種緣分，我們都應該好好珍惜這種心情。把『喜歡』說出來，也是給自己一個好好的交代。」

真的是這樣嗎？茶詠茵細細想著童童所說的話。

──只要勇敢的……勇敢的把我想的說出來就好了……

──讓對方知道我的心意，清楚的用說話來傳達給對方知道，清楚的告訴他……那一天我所說的那些話，並不是因為要否定你所珍視的過去，而是，我希望你能更多的正視一下今天的我……沒錯，就是這樣！

茶詠茵「啊」的一聲站起來，身後的椅子被她碰倒後發出砰的一聲巨響。

「怎麼了？」童童嚇了一跳。

「我要出去一下！」她扔下書本，轉身就跑出宿舍。

「真是行動力超強的人……這樣就去向卿少朗大人告白了嗎？茶茶妳真的是很容易被看穿啊……」童童對著打開著的寢室門喃喃道。

精靈不愛喝紅茶

在學園路上狂奔的茶詠茵，只覺得心中燒著一團難以熄滅的火，她突然有著滿腔的激情想要傾訴，現在的她只希望立即能看到卿少朗，然後把一切都告訴他。她覺得在這一刻的自己，忽然被某種勇氣支撐著，彷彿可以把所有的偽裝都扔掉，可以更坦然面對自己的感情，也可以大聲的說出「其實我一直都喜歡著你」的話了……

因為戴著鑽石徽章，所以可以毫無阻礙的一路衝進S區，茶詠茵一口氣跑到了那扇熟悉的大門前……卿少朗的休息室大門緊閉，她就這麼冒失的跑過來了，不知道他在不在？

心跳得飛快，懷著忐忑不安的心情，她一咬牙，用力扳動了門把——

門並沒有鎖上，那是裡面有人的證明。茶詠茵整理著思緒，心裡默唸著等一下見到卿少朗後該說的話，然而她的腳還沒有跨進門內，就聽到了裡面有人在說話的聲音。

茶詠茵的動作停住了，她沒想到自己居然挑了個極不湊巧的時機，卿少朗的確在裡面，而且並不止他一個人——

在卿少朗的對面站著一個她相當熟悉的女生，而此刻，那個女生正深情的注視著那因背對著她而看不見表情的卿少朗。

「艾莉娜小姐……」茶詠茵為自己所看到的一切而驚訝。

卿少朗和艾莉娜，這兩人似乎正在爭論著些什麼。但是，房間裡的兩人並沒有發現門外陰暗的角落處多了一個旁觀者。

「少朗，我希望你好好考慮一下我的心情。」艾莉娜哭著說。

「或許以前是我把你逼得太緊了……對不起，我知道都是我不好。我總是妒忌著那個占據在你心裡的女孩，你總是不停的說起關於她的事，這讓我有點受不了，因為……我更希望你看著我……」

「少朗，我並沒有告訴你，其實當年你看到的那個女孩，她的確是存在的——她其實就是……」

門外的茶詠茵全身都硬化了，艾莉娜知道誰是紅茶精靈？但是，她怎麼可能知道呢！對於艾莉娜這如同驚雷般的發言，就連卿少朗也無法保持平靜了，他捉著艾莉娜的手臂焦急的問：「妳知道她是誰？快告訴我！艾莉娜！」

「少朗……痛！」艾莉娜被卿少朗那因緊張而顯得粗魯的舉動弄痛了。

「對不起……艾莉娜，我不是故意的，但是這個答案對我來說很重要！請妳告訴我，求求妳，艾莉娜，請妳告訴我！」

茶詠茵握在門把上的手也不自覺的用力收緊，一同緊張的等待著答案的兩人，都在期待著艾莉娜開口。

「其實，那一天你所看到的那個女孩……她就是我。」艾莉娜輕輕的說道。

「是妳……？！」卿少朗愕然。

這個答案也同樣令茶詠茵愕然。

——艾莉娜她在說什麼？

茶詠茵的心忽然狂跳起來。

——艾莉娜她在說什麼？她說那一天卿少朗見到的人是她？為什麼……為什麼她要說這種謊話！

「是的，少朗。我一直都不敢告訴你真相。」艾莉娜繼續解釋道：「事實上那一天，你看到的人就是我。我之所以不告訴你，是因為你根本就不曾真正好好的看著現在的我……過了這麼多年，你所懷念的竟然是多年以前那一個小女孩，我真傻，竟然妒忌著以前的自己，我想讓你喜歡上我，喜歡上……現在的我。所以……我才故意不告訴你，我希望你能忘掉以前不完美的那個小女孩。但是，我發現我錯了。」

「少朗，即使你忘記不了以前的我也無所謂，畢竟那也是我的一部分。我會接受這一切的，我終於想通了，真的！我喜歡你，我不想你離開我！少朗……」

艾莉娜投進了卿少朗的懷中，茶詠茵卻像被人施了不能動的魔法一樣，僵立在門外。

——為什麼……會變成這樣？

她彷彿被人扔進了冰窟之中，只覺得有股痛徹心扉的寒冷。

卿少朗完全相信了艾莉娜的話。

他的確相信了。因為他把艾莉娜抱得那麼的緊……茶詠茵悲傷的發現，卿少朗根本就忘不了。是的，他終於找到了自己的「紅茶精靈」，那個纏繞著他、讓他魂牽夢縈的精靈，終於落入了他的懷中。

茶詠茵不知道自己是怎麼離開那個地方的。她一點也不記得自己是怎麼把門關上，假裝一切沒有被打擾，假裝自己一點也沒有受傷，假裝一切都沒有發生過似的離開那裡。

虧自己剛才還帶著滿懷熱情想要來告白，現在想起來她只覺得自己就像個傻瓜一樣。

——一切都完了。

帶著遊魂似的身軀回到宿舍時，茶詠茵那慘白的臉孔把童童嚇壞了。

「茶茶！發生了什麼事？妳怎麼了？」童童走過去把茶詠茵拉進了房間。

茶詠茵一言不發，和衣倒在床上，把臉深深的掩埋在被單中。

「是不是少朗大人說了什麼過分的話？」童童只知道茶詠茵是打算去告白，不過看她這一臉的慘相，估計是被狠狠拒絕了吧？

「呃……或許我這樣說不太對，不過，被少朗大人拒絕過的女生真是多到數也數不完，這也不是什麼丟臉的事，茶茶妳也別太放在心上……而且，妳剛才不是說有人向妳告白嗎？這就說明我們茶茶還是很有魅力的！請別這麼沒有自信！」童童努力的安慰著茶詠茵。

「……對不起，童童……讓我靜一下好嗎？」茶詠茵的聲音從被子裡含糊的傳出來。

「啊……好吧。」童童憐惜的摸了摸茶詠茵的頭髮，轉身收拾好自己的東西，回自己的寢室去了。

在關上門之前，童童還不放心的回望了一下，但茶詠茵還是保持著那樣的一個姿勢，把自己的臉封閉在被子裡。

◆※◆※◆※◆

卿少朗和艾莉娜復合的消息，在第二天就傳遍了神雪學園。

「果然還是艾莉娜小姐才襯得上少朗大人啊！」小綾看著最新一期的學園週刊，不禁感嘆道。

不過，當她翻到下一頁時，就馬上受到新的刺激了。她尖聲大叫起來：「霍蓮笙正式公開宣布追求卿少朗的『前女友』——茶詠茵小姐？！」

「我靠！茶詠茵！」小綾氣勢洶洶的飛奔過來，拍打著茶詠茵的桌子，「妳這個女人到底是不是懂什麼邪門歪道的魔障啊？快點說！為什麼繼卿少朗大人之後，連霍蓮笙大人也被妳欺騙了？」

「真是吵死了。」對於小綾的質問，茶詠茵冷冷的瞪了回去，心情極度不爽的她像鬼一樣渾身散發著可怕的氣場，「這麼想知道就去問他本人！又不是我拿槍逼他這樣說的，妳們光是在這裡鬼叫有什麼用？我還是那一句，這麼喜歡他的話就來搶啊！客氣什麼？本小姐隨時都奉陪！」

茶詠茵一拳打到了桌子上面，小綾立即嚇得不敢再說話了。

怒氣衝衝離開了教室的茶詠茵，並不知道後面的同學們都對她報以驚懼的眼神。

「詠茵同學最近心情好差哦……」

「她以前有這麼凶嗎？看來還是別惹她比較好……」

「哎呀，人家現在不得了嘛，能同時跟少朗大人和蓮笙大人交往的女生，除了艾莉娜以外，就只有茶詠茵了，她能不跩到天上去嗎？」

「真是討厭……」

神雪學園的最新話題，又再度因為卿少朗和艾莉娜復合、以及霍蓮笙大膽的宣言，而重新掀起了新一輪的熱潮。

「這是真的嗎？茶茶！那天妳說有人向妳告白，就是指蓮笙學長嗎？！」童童在學園餐廳裡跟茶詠茵碰頭時，手裡也拿著一本學園週刊。

「我從來沒有答應過那種事。」茶詠茵一個人不爽的咬著吸管。

「哇……」童童眨了眨眼睛，對於她的偶像霍蓮笙會去追求自己的好朋友茶詠茵，童童倒沒有表示出反感的意思。

「不過茶茶喜歡的是少朗大人呢。」童童一手托著頭，另一手翻著學園週刊，「真是讓人意料不到的發展啊……少朗大人會和艾莉娜小姐復合……我一直以為少朗大人是喜歡茶茶妳的。」

「別再提那個傢伙了！」茶詠茵幾乎要把吸管咬碎吞掉。

「不過，蓮笙大人也不錯啊，妳真的不考慮一下嗎？」童童攤著手問。

「童童，妳是勸我和霍蓮笙在一起嗎？他不是妳喜歡的人嗎？」茶詠茵不可思議的問。

「嗯，雖然我是很喜歡他沒錯。但是，感情是不可以勉強的啊！」

「感情是不可以勉強……的嗎……」茶詠茵低聲重複著這句話。

聽到童童如此理智的回答，她真不知道原來童童竟然是這麼深明大義的人。

卿少朗的選擇是出於本人的意志，那也是沒有辦法的事情。她只能接受這個現實。

當天下午，茶詠茵便在B區的散步道上，再度看到了霍蓮笙。

「嗨。」霍蓮笙坦然的向她打招呼，完全不曾因為自己給她帶來的麻煩而感到抱歉。

「又是你。」茶詠茵看了他一眼，完全無視直走而過。

「不要每次看到我都說『又是你』好不好？我每次都是帶著誠意來找妳的啊！」霍蓮笙快步跟上走在茶詠茵的旁邊。

「你每次出現都會害我被捲入風暴的中心，我該向你道謝嗎？」

「好吧，我會注意的。下一次我們偷偷見面好了。這樣也不錯，有種幽會的感覺。」霍蓮笙提議。

幽會……茶詠茵對這個詞感到了一陣熟悉的刺痛。

卿少朗曾經指責過她跟霍蓮笙幽會的事情，還霸道的要求她不能再跟霍蓮笙見面……那些也不過是發生在不久之前的事而已。但是，現在卻變得一切都不同了。

「跟我來。」霍蓮笙突然拉起茶詠茵的手。

茶詠茵呆呆的任由他拉著自己，看著那雙互相緊握的手，她很奇怪自己為何沒有第一時間把他甩開。

——為什麼要被霍蓮笙拉著自己的手？為什麼不掙脫？難道自己在心裡面其實也打算默認這一段不應該開始的關係嗎？這算不算背叛呢……但是自己背叛了誰？卿少朗嗎？如今的他也不會再關心自己和誰在一起了不是嗎？

不知不覺的，茶詠茵就這樣跟霍蓮笙混了一個下午，完全不知道自己都做了些什麼，只記得陪著他去了很多地方的樣子。就像普通的戀人在約會一樣。

「知道要忘記一個人最快的方法是什麼嗎？」

臨別之時，霍蓮笙曾這樣問茶詠茵。

「只要妳願意展開新的戀情，舊的一切就會成為過去。」

茶詠茵呆望著霍蓮笙，就連他的臉在逐漸靠近自己也不曾發覺。

在意識回來之前，她已經被霍蓮笙吻上了前額。

「我會等妳的。」霍蓮笙對她說，「等妳真正為我展開心扉的那一天。希望那一天能儘快到來。」

霍蓮笙走了之後的很長一段時間，詠茵仍然沉溺在那理不清的思緒之中。

但就如霍蓮笙所說的一樣，只要注意力被占據的話，想念卿少朗的時間就會慢慢變少。霍蓮笙幾乎每天都會來B區找茶詠茵，慢慢的，連茶詠茵也開始順應了這種發展的趨勢，而不想再思考什麼了。

◆※◆※◆※◆

這一天，霍蓮笙和茶詠茵一起去了S區的寶石廊茶座。因為之前茶詠茵曾說過很喜歡吃那裡的草莓蛋糕，於是霍蓮笙便提議兩人一起去喝下午茶。

隨著門侍的一聲「歡迎光臨」，兩人推開了茶座的玻璃門。

「兩位這邊請。」帶路的服務生把霍蓮笙和茶詠茵帶向深處的座位。

「蓮笙……詠茵？！」

在途經窗邊的座位時，有人叫住了兩人。霍蓮笙和茶詠茵停下了腳步，叫住他們的並不是別人，正是艾莉娜。而此時坐在艾莉娜身邊的，當然就是卿少朗了。

「咦？你們也在這裡喝茶啊？」霍蓮笙感到意外，挽起茶詠茵的手走了過去。

「啊，真巧呢，沒想到蓮笙你和詠茵小姐也一起來了。」艾莉娜看著兩人，甜蜜的笑著說：「不如一起坐吧，人多可以熱鬧些。」

的手。

「這……」霍蓮笙看了茶詠茵一眼，他不確定她是否如此希望。

「我很掛念詠茵小姐呢，一直想有機會能再跟妳聊聊天。」艾莉娜期待的望著茶詠茵。

既然對方已經如此說了，茶詠茵也實在說不出拒絕的話來。

霍蓮笙紳士的為茶詠茵拉開了座椅，卿少朗不經意的瞧了一眼之前這兩人緊緊牽在一起

「沒想到我們四個人又再度聚在一起了。緣分真是奇妙。」艾莉娜微側著頭，瀑布般柔順的長髮掛落在嬌美的臉龐上，她說：「記得之前我們這樣四個人在一起的時候，是在市民中央公園。不過那個時候，詠茵小姐還是少朗的女朋友，但是現在卻已經被蓮笙搶走了呢……少朗，你有沒有不甘心的感覺？」

對於艾莉娜俏皮的玩笑話，卿少朗只是輕笑著道：「艾莉娜，別拿我開玩笑了。」

「什麼啊，這傢伙就是容易害羞。」艾莉娜掩著嘴開心的笑著。

看得出來，回到了卿少朗身邊的艾莉娜，比以往開朗了很多。往日總是帶著輕微的憂鬱氣質的艾莉娜小姐，竟然也會露出如此暢朗的笑容，茶詠茵不禁有點看呆了。

「說起來，有機會我們再一起去那個公園來個雙人約會吧。」艾莉娜提議道。

「饒了我吧，艾莉娜小姐。我和詠茵才剛剛開始不久，我們還想多點時間共度一下兩人世界呢。」霍蓮笙這樣回道。

「哎呀，對不起……」艾莉娜連忙道歉。不過她又取笑霍蓮笙道：「沒想到你們正打得

火熱呢。」

茶會在看似和樂的氣氛中進行著。

談話中，茶詠茵偶爾也會搭言幾句，但更多的時間卻是心不在焉。艾莉娜的笑聲讓她感到厭煩，除此之外，還有偶爾抬頭的瞬間，接觸到坐在自己對面的卿少朗的注視，也讓她如坐針氈。

——事到如今，為何還要用那樣的目光看著我呢？

茶詠茵放在膝上的雙手不自覺的緊握著，他那雙滿含著不明意義的眼眸，到底是想要說什麼？彷彿能看透一切的視線，像要把她從頭到腳都射穿一樣。

「我……要回去了。」茶詠茵忍無可忍的站了起來。

「啊？那我送妳。」霍蓮笙也站了起來。

匆匆的向卿少朗和艾莉娜道別之後，茶詠茵頭也不回的衝出了茶座，就連後面不停叫喚著自己名字的霍蓮笙也被她甩到腦後。

「真是速配的一對戀人。」艾莉娜望著霍蓮笙和茶詠茵離去的背影這樣說道，「你說是嗎？少朗。」

卿少朗沒有搭話。他看著桌子上那一杯幾乎沒有動過的紅茶，已經冷卻的紅茶靜靜擺放在茶詠茵剛才所坐的位置之上。

直接衝回宿舍的茶詠茵，躲在被子裡大哭了一場。

只有一個人的寢室冷冰冰的，童童也因為最近有重要的考試而很少過來了。

——覺得這樣懦弱的自己真的是很讓人討厭！

茶詠茵陷入了自我厭惡之中。

——不是明明已經告訴過自己要忘掉嗎？不是已經告訴過自己要堅強的面對嗎？不是已經下定決心要接受新的戀情，丟棄過去的一切了嗎……

「但是就是做不到，我做不到啊！」詠茵抱著頭，發出不可抑止的尖叫。

◆※◆※◆※◆

第二天只能帶著紅腫的眼睛去上課，茶詠茵這落魄的樣子又引起了同學們相互的猜測。

「詠茵同學今天的表情好像鬼哦……」

「該不會是因為被蓮笙學長甩了吧？這麼慘的樣子。」

「真的真的？被甩了嗎？」

「早就說過她撐不到幾天的啦！蓮笙大人英明！」

茶詠茵在流言蜚語之中如行屍一般蕩走。

別人說什麼也無所謂了，她如今只覺得當初會轉學來這裡的自己真是個笨蛋。

完全沒有好事發生。為什麼人生是這麼的灰暗啊……一旦跌入了自怨自艾的地獄，就再也無法積極思考了。茶詠茵只覺得世界無光，前途暗淡，失戀的力量真是可怕。

但要說失戀也不對，因為卿少朗從來沒有對她說過「我喜歡妳」，她和卿少朗之間，不論是一開始的契約關係也好，或是到後來相互曖昧不明的糾纏也罷，他從來沒有明確的表示過對她是怎樣的感情。

那些似是而非的甜蜜，那些無法捉摸的戲弄，都是自己一廂情願的幻覺嗎？

茶詠茵抬頭看著藍藍的天空，忍不住又想哭出來。

倔強的擦了擦眼睛，她不可以再這樣軟弱下去。茶詠茵咬牙。

「卿少朗你這個大混蛋！」

茶詠茵對著天空大叫了一聲，彷彿這樣才能舒平心中的不痛快。

「要罵人的話，至少要確定本人不在現場是基本的禮貌吧。」

背後一道熟悉的聲音傳入茶詠茵的耳中。

「嚇？！」茶詠茵受到驚嚇倒退了好幾步。

尋著聲源看去，她才發現路邊的那張石椅上，卿少朗就坐在那裡。

「你、你什麼時候來的？」她指著他。

「在妳罵我之前我一直就在這裡，是妳自己以為沒人才會叫得那麼大聲吧。話說，我為什麼要被妳罵是混蛋啊？妳這個不知好歹的傢伙。」

「……」茶詠茵接不上話來。她也因為不良行為被人抓包而紅透了臉。

周圍很安靜，茶詠茵四面張望了一下，這才發現自己剛才失神的亂逛，居然跑到S區來了，怪不得會遇到這個傢伙……現在要怎麼辦才好？如果為剛才罵了他的事而道歉的話，對方也只會當作是沒有誠意的搪塞而已。

「坐下吧。」卿少朗拍了拍身邊的空位，示意茶詠茵過來坐。

像被遙控的機器人一樣，茶詠茵走了過去，坐在了卿少朗的身邊。

為什麼自己要這麼聽話啊？在內心罵自己沒骨氣的茶詠茵，悲慘的發現自己原來沒有辦法抗拒卿少朗的要求。

明明是卿少朗叫她坐下的，但茶詠茵坐下之後他又一句話都不說，而茶詠茵也沒有主動說話的意思，於是兩個人就這樣沉默著。

各自想著心事的兩人，卻異常和諧的共處著，好像是再自然不過的事情一樣，沒有絲毫的尷尬氣氛。

「我曾經……有好好想過妳說的那些話。」長久的寂靜過後，卿少朗突然緩緩開了口。

「呃？」茶詠茵側頭看著卿少朗。

「妳說過，我不應該再沉浸在過去的回憶裡自我封閉，不應該繼續放縱自己幻想下去、不願醒來……這樣的我永遠不會得到值得珍惜的感情。我也知道自己應該向前看，但就在我正想這樣努力的時候……艾莉娜卻告訴了我一件事，她說……」

茶詠茵沉默著。她知道艾莉娜說了什麼，那一天的事情還歷歷在目。艾莉娜哭著投入卿少朗懷抱的景象還深深的刻在她的腦海中。艾莉娜那堅決的眼神，她想忘也忘不了。

「原來當年我看到的那個女孩子，就是艾莉娜……我真是意想不到。」卿少朗說。

「恭喜你。」茶詠茵低聲道。

卿少朗看著茶詠茵，但是她卻低著頭沒有看他。只是從她的嘴裡，傳來不帶感情的祝賀話語：「恭喜你，終於找到了『紅茶精靈』。」

「以前你也說過吧，你曾經希望紅茶精靈就是艾莉娜，沒想到這竟然是真的。很不可思議吧，這樣巧合的事情……真的讓人覺得，就像是緣分的安排一樣。」她淡淡的說著。

「真的是緣分嗎？」卿少朗卻沒有露出一絲欣喜的表情，「我的確曾經想過，如果紅茶精靈就是艾莉娜，那該有多好。但是不知道為什麼，那一天當她親口告訴我，她就是當年出現在我面前的女孩時，我卻忽然覺得如果她一輩子都不告訴我就好了……如果她不說的話……既然已經選擇欺騙我，為什麼就不能一直騙我到最後呢？為什麼現在又跑來告訴我真相呢？妳一定覺得這樣想的我真是個任性的人吧？」

「我時常會問自己，為什麼我就是忘不了那一天呢？當年那個女孩，她給我的那種感覺又是什麼呢？是愛嗎？還是只不過是個美麗的憧憬呢？雖然我一直在尋找，卻怎麼也找不到。她只是一個幻影，卻陪我度過了漫長的歲月時光……」

「這麼多年過去了，就算現在她站在我面前，我也認不出她來，但是——艾莉娜的出現卻徹底終結了這個幻影，她是確實存在著的，原來我一直想念著的人，就陪在我的身邊。那種感覺真的很奇妙，我該怎麼辦才好？緊緊的抓住她，不讓她再逃離我的身邊，她就是我追尋已久的『精靈』啊！」

卿少朗低頭看著自己的雙手，那上面什麼也沒有，那種猶如水中撈月的空虛感，一直縈繞不散。

「這樣不是很好嗎……」茶詠茵強忍著聲音的不自然，違心說著口不對心的話，「艾莉娜小姐那麼喜歡你，她又是你找尋已久的那個人，這可是皆大歡喜的最好結局啊……」

「總覺得有什麼地方不一樣。」卿少朗望著天空，像在自言自語，「我曾經那麼期待的紅茶精靈，竟然是艾莉娜，為什麼我一點也高興不起來？感覺這樣的我就像是在原地兜圈一樣，明明已經下定決心要向前走了，偏偏這個時候她才說這樣的話，那我之前到底是為了什麼才會這麼苦惱啊？像個白痴一樣。」

「妳說我應該怎麼辦才好呢？茶詠茵。」卿少朗認真的看著茶詠茵。

「你問我，我也……」

茶詠茵頭上冒出數滴冷汗。這種事情不是隨便亂說就可以解決掉的，尤其自己還對他抱持著複雜的心情……她在心裡吶喊：為什麼來問我啊！卿少朗你這個笨蛋！

「妳之前不是說過，我應該衝破束縛，忘記紅茶精靈嗎？妳不是總喜歡很有氣勢的左右別人的決定嗎？為什麼現在一句話也不說啊？就像當初那樣，想罵的話就罵出來啊！」卿少朗對茶詠茵叫道。

這傢伙是被虐狂嗎？茶詠茵被卿少朗說得啞口無言。

「竟然會把小時候那種程度的偶遇執著的記在心中這麼多年，我也有夠蠢的。」卿少朗忽然自嘲的笑起來，「這個世界上估計也就只有我會這麼天真。換個角度想的話，當年的那個女孩又是怎麼看待我的呢？一定覺得我是個幼稚無比的傻瓜吧，是啊……艾莉娜的確曾經這樣說過的。」

「不是這樣的……我想她也會對那一天的相遇充滿感激的，一定是這樣的。」茶詠茵急急的說道。

「妳不用安慰我了。」卿少朗無精打采的別過頭去。

「真的啊！」茶詠茵激動的說：「因為你們家的紅茶很好喝！草莓蛋糕也很美味，鬆餅也很可口！所以她一定會抱著感激的心情啦！」

「啊？」卿少朗皺著眉頭轉過來，看著茶詠茵。

——這是什麼氣死人的爛理由啊！我對那個女孩可是像初戀般珍藏在回憶之中的高尚存在，那個女孩竟然只是因為我家的紅茶好喝和點心好吃的程度心懷感激而已嗎？！

——慢著……

卿少朗的坐姿忽然挺直了，他盯著茶詠茵的臉說：「為什麼妳會知道？」

「知道什麼？」茶詠茵歪頭。

「我從來沒有跟任何人說起過，當時桌子上擺著草莓蛋糕和鬆餅！為什麼妳會知道？」

「啊——？」

兩人瞪視了接近一分鐘。

「茶詠茵……」卿少朗不可置信的瞪著她，慢慢的吐出一句話：「那一天我所見到的那個女孩——是妳？！」

「你、你說什麼呢？那天你看到的人是艾莉娜小姐啊……她本人也是那樣說的……」茶詠茵拚命搖手，嘴巴都因為緊張而歪掉了。

「怪不得我一直覺得不對勁，原來是這樣……」卿少朗突然想到什麼似的，他看向茶詠茵的目光更加銳利了，「艾莉娜根本不喜歡吃甜食，但是那天的草莓蛋糕幾乎都被妳一個人吃光了！妳還想騙我？！」

茶詠茵被嚇傻了，她當年的確是因為太貪吃而把人家桌子上的東西都吃掉了大半，不過為了道義，她也有好好留下一塊的！只是她做夢也沒想到，自己的惡行會在十多年後被人秋後算帳！

「對、對不起！」茶詠茵跳起來，趕緊打算開溜。

「茶詠茵妳給我站住！事到如今妳還想逃跑嗎？」

「對不起！對不起！對不起！我會賠償的！我一定會賠償的！哇啊——」

卿少朗伸出去的手還沒抓到茶詠茵，她早就已經一路狂奔著大叫逃掉了。

「茶──」

半空之中，只剩下卿少朗對著茶詠茵的背影伸出去卻什麼也抓不住的那隻手。

──原來妳才是那個束縛著我的精靈啊！

卿少朗生氣的看著茶詠茵已然消失的身影。

──為什麼要瞞著我？為什麼妳就是不肯告訴我呢？明明妳才是我要找的那個人，為什麼妳卻沉默的一直看著我獨自苦惱？

──茶詠茵！！

卿少朗咬牙切齒的默唸著這個名字。

──妳還想把我耍到什麼時候？妳這個可惡的女人！

另一邊，茶詠茵像被鬼追一樣全速奔跑著，直到跑回女生宿舍才停下來喘口氣。

「怎麼辦？怎麼辦？被他發現了！」

「剛才他的表情好可怕啊！」

茶詠茵背靠在寢室的門上，整個人都陷入了極度的驚恐漩渦中。

卿少朗一定會想要殺了她吧……茶詠茵捂著狂跳不已的心臟。朝思暮想的紅茶精靈，其實只是個貪圖甜食的過路無賴而已，他一定氣瘋了。

這個時候，寢室的門被粗暴的狂敲著。

「茶詠茵！妳給我出來！茶詠茵！」

門外大聲叫著的聲音，對茶詠茵而言簡直就像魔王的索命梵音一樣……卿少朗已經火速殺過來了！

想要假裝寢室裡沒有人的茶詠茵死命捂住嘴巴不讓自己發出一點聲音，但是這一招似乎一點也不奏效，卿少朗那陰森的恐嚇就在一門之隔。

「茶詠茵，妳敢給我裝死，就別怪我用暴力破門而入了！」

「你不要亂來！這裡可是女生宿舍！」茶詠茵大叫著。

「我管妳這麼多！妳這個騙子快點給我開門！」卿少朗也大叫著。

要是放任他大鬧的話，很快就會驚動整棟宿舍大樓了，外面的那個人可是卿少朗啊！他是哪怕站個一分鐘都會被圍觀的卿大少爺！她實在沒有信心讓他繼續這樣在自己的門前大吵大鬧的話，會造成什麼樣的結果。

屈服在他的恐嚇之下而把寢室大門打開的茶詠茵，在面對著那個死死瞪視著自己的卿少朗時，也不禁倒退了幾步。

「你、你要幹嘛？」她一邊倒退，一邊心驚膽跳的問。

「為什麼要騙我？」卿少朗緊抿著嘴脣，咬牙切齒的問。

「這也不能怪我……是你自己擅自要相信那種鬼話的！有點腦子的人都不會相信紅茶精靈這種無稽之談吧，我怎麼知道你會上當啊！」她努力為自己開脫。

「我不是指這個！」

卿少朗上前一步，茶詠茵嚇得再退了一步。

「我要問妳的是，為什麼妳明知道我在找妳，妳卻假裝不知道！看著我一個人被紅茶精靈耍得團團轉，妳覺得很好玩是嗎？妳一定在背後偷笑吧！」

「我並沒有……」

「那個時候是這樣……現在也是這樣……隨便就把別人的人生搞得一團亂，轉個身就馬上逃掉……妳真是太可惡了……」卿少朗低著頭，一滴不甘的淚水悄然墜落，消失在乾燥的地板上。

不敢相信自己把卿少朗弄哭了的茶詠茵，只是傻站著。

即使眼看著卿少朗一步一步的走上前來，茶詠茵也已經僵立得動彈不得了。

「茶詠茵，妳敢再逃試試看！」卿少朗把她緊緊的抱入懷裡，把臉埋進了她的秀髮中。

「對不起……」此時的茶詠茵，除了道歉之外，不知道還可以說些什麼了。

「妳說過要賠償我的。」卿少朗的聲音從她的髮間清晰的傳了出來，「茶詠茵……妳要好好的賠償我……把我這些年對妳的思念都還給我。」

「妳要一直陪著我，直到我把紅茶精靈忘記……直到，我的心裡只剩下妳。」

卿少朗在茶詠茵的耳邊輕聲的這樣呢喃著。

新生代的戀愛季來臨

一個學期後——

神雪學園的新生入學典禮剛結束，大家興奮的討論著關於學校的最新傳聞。

「能考進神雪學園真是太好了！我一直希望能在這麼高級的學府裡唸書，如果能順便遇到個帥哥就最好啦！」

「我是為了蓮笙學長才考這裡的，去年我跟朋友一起看了蓮笙大人的一部戲劇，真是太感人了！沒想到見到本人也是個超級帥哥，我可是對這個天才學長一見鍾情啊！」

「嗯，我的目標沒那麼遙遠，我只是希望能見卿少朗大人一面而已！」

「這個目標已經夠遙遠了啊……他可是S區的名人耶！」

「喂，大家看到這個了嗎？」一名新生拿著最新一期的學園週刊朝大家揚了揚。

「什麼什麼？有什麼好玩的消息嗎？」

「裡頭寫最新神雪學園風雲榜，前四名是卿少朗大人、霍蓮笙大人、艾莉娜小姐、中蘺小姐……」

「這不是眾所周知的嗎？這也算新聞？」

「但是，妳們看！」那名新生指著下面第五個人物介紹，激動的說：「神雪學園風雲榜NO.5——茶詠茵，這誰啊？！」

大家幾乎都把頭埋進了這本學園週刊，研究起這個完全沒有聽說過的名字。

「嗯……茶詠茵小姐，神雪學園B區普通學生一名，成績中等偏上，在班中並無擔任何種職務，業餘愛好是打工……這是什麼跟什麼啊？為什麼這樣都可以上風雲榜？」
「哇啊！這裡寫著這個叫茶詠茵的傢伙，是卿少朗大人的女朋友啊！」
「但是，卿少朗大人的女朋友不是艾莉娜小姐嗎？」
「艾莉娜小姐？那已經是很久以前的資料了哦，早就換了！」
「卿少朗大人的女朋友是B區的普通學生？這是什麼狀況啊？」
「聽說霍蓮笙以前也追求過B區的一個女生哦，但最重要的是，現在他沒有女朋友！」
「真的假的？！」
「大家要對未來充滿希望！雖然我們都是B區的學生，但是機會是大大的有喲！」
「耶耶耶～～」
新生們精神百倍的互相激勵。

這是一個適合戀愛的季節。
這也是一個滿載著夢想與歡笑的季節。
而此刻的神雪學園，也一如既往的為所有新生迎來了全新的開始。

《K.0他的前女友》全文完

飛小說系列 151

K.0 他的前女友

出版者■典藏閣
作　者■龍雲意　繪　者■非光
總編輯■歐綾纖　企劃主編■PanPan
製作團隊■不思議工作室
郵撥帳號■50017206 采舍國際有限公司（郵撥購買，請另付一成郵資）
台灣出版中心■新北市中和區中山路 2 段 366 巷 10 號 10 樓
電　話■(02) 2248-7896　傳　真■(02) 2248-7758
物流中心■新北市中和區中山路 2 段 366 巷 10 號 3 樓
電　話■(02) 8245-8786　傳　真■(02) 8245-8718
ISBN■978-986-271-708-0
出版日期■2016 年 8 月

全球華文國際市場總代理／采舍國際
地　址■新北市中和區中山路 2 段 366 巷 10 號 3 樓
電　話■(02) 8245-8786　傳　真■(02) 8245-8718

新絲路網路書店
地　址■新北市中和區中山路 2 段 366 巷 10 號 10 樓
網　址■www.silkbook.com
電　話■(02) 8245-9896
傳　真■(02) 8245-8819

☞您在什麼地方購買本書？☜

1. 便利商店（________市／縣）：□7-11　□全家　□萊爾富　□其他__________

2. 網路書店：□新絲路　□博客來　□金石堂　□其他__________

3. 書店（________市／縣）：□金石堂　□蛙蛙書店　□安利美特animate　□其他____

姓名：________地址：____________________

聯絡電話：____________　電子郵箱：____________________

您的性別：□男　□女　　您的生日：西元________年________月________日

（請務必填妥基本資料，以利贈品寄送）

您的職業：□上班族　□學生　□服務業　□軍警公教　□資訊業　□娛樂相關產業
□自由業　□其他__________

您的學歷：□高中（含高中以下）　□專科、大學　□研究所以上

☞購買前☜

您從何處得知本書：□逛書店　□網路廣告（網站：__________）　□親友介紹
（可複選）　□出版書訊　□銷售人員推薦　□其他__________

本書吸引您的原因：□書名很好　□封面精美　□書腰文字　□封底文字　□欣賞作家
（可複選）　□喜歡畫家　□價格合理　□題材有趣　□廣告印象深刻
□其他__________

☞購買後☜

您滿意的部份：□書名　□封面　□故事內容　□版面編排　□價格　□贈品
（可複選）　□其他

不滿意的部份：□書名　□封面　□故事內容　□版面編排　□價格　□贈品
（可複選）　□其他

您對本書以及典藏閣的建議____________________

____

____

✌未來您是否願意收到相關書訊？□是　□否

✍感謝您寶貴的意見✍

印刷品

$3.5
請貼
3.5元
郵票

235 新北市中和區中山路二段366巷10號10樓

華文網出版集團　收

（典藏閣－不思議工作室）